# mon père est américain

Collection animée par Soazig Le Bail,
assistée de Claire Beltier.

À Victor, William, Marion,
aux milliers d'autres…
À Francis et à Claire.

*La peine de mort est le signe spécial*
*et éternel de la barbarie.*
Victor Hugo


ISBN 978-2-36474-035-8

Loi n° 49-956 du 16 juillet 1949 sur les publications destinées à la jeunesse
Maquette : Bärbel Müllbacher

# mon père est américain

Fred Paronuzzi

**Roman**

Illustration de couverture
de Alfred

EDITIONS THIERRY MAGNIER

Fred Paronuzzi est né en 1967. Des rêves de voyage plein la tête, il a enseigné le français en Écosse, au Canada puis en Slovaquie.

De retour en Savoie, il est aujourd'hui professeur d'anglais en lycée professionnel.

Aux éditions Thierry Magnier

*Un cargo pour Berlin* (coll. Roman), 2011.

*Terrains minés* (coll. Nouvelles), 2010.

# 1

# Avant le père

La petite chambre baigne dans une semi-pénombre. Les rideaux, opaques, sont tirés devant la fenêtre. Des mégots s'amoncellent en pagaille dans un cendrier en bakélite, posé à même le sol. La moquette a brûlé en plusieurs points. Ils forment un arc de cercle presque parfait autour du lit.

Jusqu'à hier, Léo n'aurait jamais fumé chez sa mère. Jusqu'à hier, on aurait dit de lui qu'il était un ado sans problème.

Sans problème particulier.

À présent, le monde entier – ce en quoi il a pu croire, un jour – s'est disloqué, croule sous des tonnes de décombres. Il se sent perdu, étranger à lui-même, ne reconnaît rien. Plus de repère. Juste cette affreuse certitude d'avoir été trahi.

C'est pourquoi, aussi longtemps que sa mère s'entêtera dans son silence et ses mensonges, il est bien décidé à lui « pourrir la vie ».

Tout autant, estime-t-il, qu'elle lui pourrit la sienne.

Le portable clignote d'une couleur vive, il vibre, puis remue insensiblement, semblable à un gros insecte.

Léo est entortillé dans les draps, le visage enseveli sous l'oreiller. Il lui a fallu des heures, cette nuit, pour sombrer à bout de forces dans un sommeil lourd, sans rêve.

Sa salive fait une auréole sur la housse de l'oreiller. Les gros chiffres rouges du radio-réveil marquent 09:41. Léo s'étire enfin. Il coule ses doigts écartés en éventail dans la jungle de ses cheveux. Sa gorge le brûle. Trop de tabac. Et la nausée qui va avec.

Jusqu'au petit matin, il s'est goinfré de musique, le volume au maximum, ce qu'il a trouvé de plus enragé dans les mille cinq cents morceaux stockés sur son MP3. Du rap au métal, des riffs de guitare aux boucles électro, sans souci de cohérence, comme un écho à la confusion qui régnait à l'intérieur de son crâne.

Du bruit et de la fureur.

Son bras droit cherche le téléphone, à tâtons, le trouve au pied du chevet. C'est un message de Yannis. Il dit : *On peut savoir ce que tu fais ? Je ne sais pas si tu es au courant, mais on a un DS de maths, ce matin…* Léo se demande comme chaque fois par quel foutu snobisme son meilleur ami refuse d'écrire en abrégé. Mieux encore, il prend un soin maniaque à choisir ses mots, à respecter les règles grammaticales et la ponctuation dans des phrases longues de deux kilomètres.

Lui, Léo, c'est tout juste si ses dissertations ne sont pas rédigées en phonétique.

Il soupire.

« Ça me soûle », putain, dit-il à mi-voix, pour lui-même, sans trop savoir à quoi renvoie ce *ça*.

Sa main attrape le paquet froissé dont il extrait le briquet, puis une cigarette un peu aplatie au niveau du filtre. « Soigner le mal par le mal », murmure-t-il.

Il se lève, grimace, courbatu sans raison, écarte les rideaux, cligne des yeux dans la lumière du jour.

Il fume, le front contre la fraîcheur de la vitre, observant le spectacle banal de la rue qu'il n'a pas l'habitude de voir, à cette heure-ci, ce jour-là.

En bas, un homme dont le visage lui est vaguement familier promène au bout d'une longue laisse extensible un chien noir, ébouriffé, qui frétille et lève la patte pour pisser tous les deux mètres. Devant la poubelle de l'abribus, le clébard se voûte puis expulse un chapelet de crottes mollassonnes.

Léo laisse retomber le tissu épais.

Kira, le chat de la maison, l'a entendu. Il gratte furieusement à la porte en miaulant. Léo lui ouvre et aussitôt, le matou tigré et grassouillet se frotte à ses jambes. « T'as la forme, Trouduc ? » Kira répond par un « miaou » impérieux, indifférent à la flopée de surnoms dont Léo l'affuble, selon son humeur. Machin, Gros

Lard, Brosse à chiottes. Le garçon se penche, gratte le dessus de la tête tendue vers lui. Le félin ferme ses yeux verts, en extase, ronronne de plus belle. « Brave couillon, va… »

Léo se redresse, s'avachit dans son fauteuil en similicuir, allume l'ordinateur dans ce réflexe qui a le don d'exaspérer sa mère. « Prends donc un bouquin, dit-elle, ou prends l'air, je sais pas, moi… »

Le chat bondit sur ses genoux. Léo le caresse d'une main.

Pas âme qui vive sur Facebook. Juste les *no-life* habituels. Acceptés un jour comme « amis » pour gonfler le nombre. Les autres sont au lycée, évidemment. Occupés. Dans la vraie vie.

Il poursuit par un tour sur YouTube. Des milliards de trucs à voir et cependant, c'est le désert. Il ne sait pas quoi regarder.

*Vidéos visionnées en ce moment.*

Par d'autres, donc. Des buts de football, un clip de Linkin' Park et ce machin-là, *Workout for Beginners.*

C'est engageant. La vignette montre une jolie blonde en sueur.

Il clique.

Zuzanna, c'est son nom, est sculpturale. Son anglais charmant. Elle roule un peu les r, explique comment s'y prendre pour obtenir un corps d'athlète, semblable au sien.

Au travers des volutes de fumée, Léo suit le mouvement des fesses rondes et fermes, de la poitrine généreuse que peine à dissimuler le haut d'un bikini.

Il se demande combien ils sont, en ce moment, des gras du bide, des obsédés sexuels ou des ramollis dans son genre, à baver devant la bimbo.

À baver ou autre chose…

Un commentaire vient d'apparaître.

Psychopathe69 a écrit : *L di koi la meuf? jariv tro pa a me concentré sur c parol… putin! comen q'L è tro bone!*

La remarque amuse Léo. Apparemment, ils sont un bon paquet de bons à rien avec du temps à tuer. Mais aujourd'hui, même les courbes d'une Zuzanna le laissent de marbre.

Il met le PC en veille prolongée, traîne des pieds jusqu'à la cuisine où il remplit la soucoupe du chat de croquettes multicolores, verse un sachet de café instantané puis de l'eau dans un bol. Deux minutes à s'abrutir un peu plus devant le four à micro-ondes.

« Cling », c'est prêt.

La petite cuillère touille en frottant sur le grès. Il boit son café avec cinq sucres, pose le bol sur la table basse en verre dépoli. Il n'a pas faim.

Il n'a envie de rien en particulier, mais encore moins de rester enfermé là, à ruminer.

Dehors, un vent léger fait frémir les feuilles des platanes.

Le garçon longe l'avenue jusqu'au panneau stop où, ses feux de détresse allumés, une voiture est rangée à moitié sur le trottoir. Un type est plongé dans le moteur jusqu'à la taille. À côté du capot, un maigrichon torse nu trépigne. Il a des tatouages dessinés à la va-vite sur le corps, semblables à des gribouillages d'enfants, naïfs, malhabiles. À certains endroits, l'encre a bavé en de grosses taches bleues, informes. Il ne tient pas en place, interroge sans cesse : « Alors ? Alors ? Alors ? »

On le croirait dans une de ces séries TV à la con, dont l'action se passe dans les hôpitaux. Au chevet d'un grand malade, dans l'attente du pronostic vital.

Léo pousse à fond le son du MP3. D'habitude, il adore le décalage entre le rythme de la musique et le rythme de la ville. Il aime cette sensation de flotter. D'entre-deux.

Là, c'est juste pour se couper des autres. Dans ses oreilles, résonnent les accords implacables de *Seven Nation Army*.

Au Jardin du Verney, il s'assoit sur un banc, face à la piste cyclable qui serpente en bordure du parc, puis va se perdre vers les quais. Gravées dans le dossier en bois, les injures chevauchent des cœurs. Il ouvre une canette de Coca. Un peu de mousse marronnasse en jaillit, goutte sur la peinture écaillée.

Dans l'allée, des petits vieux à casquettes jouent à la pétanque. Les graviers blancs s'accrochent à leurs semelles de crêpe, leurs jambes grêles flottent dans des pantalons soigneusement repassés. Ils semblent se chamailler, sans doute pour des questions de millimètres.

Plus loin, après la fontaine, trois ados habillés pareil enchaînent en skate des figures acrobatiques entre les plots du parking et une rampe en béton.

Un bus de la STAC descend l'avenue. Léo regarde si ce n'est pas Fred, au volant. Mais non, c'est un moustachu bedonnant. Dommage. Ça le fait toujours sourire d'apercevoir son ex-punk de beau-père cravaté et engoncé dans sa chemise bleu ciel.

Même si Léo, aujourd'hui, est à mille lieues d'avoir le cœur à la rigolade.

Il extrait une photo de la poche de son jean. Il la connaît sur le bout des doigts mais l'examine sans lassitude, comme s'il était encore possible d'y déceler une faille, un détail qui lui aurait échappé.

D'après ce qu'il sait, il n'existe pas d'autre image du séjour de sa mère en Amérique, de ces deux mois d'été passés à travailler dans un parc d'attractions. Un boulot payé une misère, des horaires de fou… mais un peu du rêve américain.

Les huit personnes, sur le cliché, viennent de faire connaissance. C'est leur premier jour de travail. Une seule est née aux États-Unis, les autres débarquent de France – à part Hena, qui est slovaque. Leurs vêtements et leurs coupes de cheveux sont passés de mode. Les couleurs ont pâli avec le temps, jusqu'à devenir pastel. Du coup, les silhouettes prennent un contour fantomatique, irréel.

Le père de Léo est l'avant-dernier sur la droite. Il est de haute taille, beau garçon.

Plutôt sûr de lui, même un brin m'as-tu-vu.

Plus jeune, Léo perdait beaucoup de son temps à le chercher, ce père, dans les traits de son propre visage. Il prenait la pose face au miroir mural de la salle de bains, un œil rivé à la photographie. Il reproduisait à l'identique le sourire, l'inclinaison de la tête, l'angle formé par les épaules et le cou.

Il se persuadait, alors, qu'il existait une ressemblance évidente entre cet étranger et lui.

Indéniablement, oui. De plus en plus. Dans les fossettes qui se creusent aux joues, dans l'arrondi des pommettes, la forme en amande des yeux, dans les cheveux noirs et épais, le teint mat.

Sa mère le surprenait parfois durant ses contemplations. Elle ne commentait pas, se bornait à hausser les épaules. Sans doute pensait-elle que ces lubies lui passeraient avec l'âge.

Sa mère, justement, première sur la gauche. On la reconnaît sans difficulté, malgré les années. Elle est un peu intimidée, adresse à l'appareil un salut maladroit de la main. Elle feint l'insouciance, la décontraction, bravement. Elle a vingt ans. Elle est belle.

Dans un joyeux désordre, cinq personnes se pressent entre elle et le père de Léo. Il n'est pas possible de deviner que ces deux-là vont se plaire.

Assez pour coucher ensemble.

Léo retourne la photo au dos de laquelle sont notés les prénoms. L'encre s'efface peu à peu.

Claire, Sandrine, Bruno, Hena, Michèle, Didier, Benjamin, Delphine.

Il les connaît presque tous.

Michèle a plaqué son travail à la banque pour élever des brebis dans un hameau de montagne, où vivent aussi Didier et Delphine – les DD. Léo y a passé des soirées mémorables. Sandrine a trouvé l'amour au Portugal, près de la mer. Chaque année, il est question de lui rendre visite. Bruno enseigne le français en

Hongrie. Il est barbu, à présent, nounours adorable dont le rire virevolte dans les aigus. Il fait une pause à l'appart, un week-end par an, en route vers sa Drôme natale, apporte du vin et du paprika, chante Bob Dylan à tue-tête sous la douche. Le soir, Léo et lui s'affrontent au carrom, le billard indien. Bruno descend des bières, le taquine, mais le laisse gagner une partie sur trois. Hena, il ne l'a jamais vue. Au téléphone sa voix est douce, presque sans accent.

Puis il y a :

« Claire et Benjamin. »

Les noms se sont échappés de ses lèvres, malgré lui. La musique l'empêche d'entendre le son de sa voix. Son cœur bat un peu trop vite, il mordille l'intérieur de ses joues. Il lève les yeux sans voir la plaque rectangulaire clouée au tronc de l'arbre, portant son nom latin suivi du nom d'usage : *Castanea/Marronnier.*

Un scooter emprunte la piste cyclable, au ralenti, le conducteur porte son casque sur le front. Il tourne la tête, dit quelque chose à la fille assise derrière lui. Elle sourit, se penche, agrippe un peu plus fort le garçon.

Léo n'y prête pas attention. Tout là-haut, des morceaux de ciel apparaissent entre les plus grosses branches.

C'est l'été indien, il a bientôt seize ans – et il se sent perdu.

Léo attend Yannis. La sonnerie retentit d'un bout à l'autre du lycée. Peu après, un flot d'élèves s'écoule vers la sortie. Par vagues. Aussitôt les grilles franchies, les cigarettes passent de main en main. Des grappes de garçons et de filles se font et se défont. Les crachats pleuvent sur le bitume. On rit, on s'invective. Les mots, souvent, sont crus.

« Il abuse, le prof d'anglais, sérieux, il me casse trop les couilles ! » « Je me suis vautré comme une merde en histoire. » « Eh enculé, tu me dois deux euros ! »

Certains ne s'attardent pas. Ils s'éloignent au petit trot vers un bus ou un train.

Yannis sort parmi les derniers. Avec cette décontraction à lui, unique, cette façon de ne pas être totalement présent au monde. Il porte son casque sur les oreilles, des Converse rouge et noir aux pieds.

Quelques filles le regardent venir. S'agitent. Commentent. Léo est trop loin pour saisir ne serait-ce que des bribes de phrases.

Il s'approche. Léo sourit. Enfin. Yannis est

la seule personne au monde à pouvoir lui soutirer un sourire en toute circonstance.

– C'est nouveau, ça, de ne pas donner signe de vie ? demande Yannis. J'étais pas tranquille, moi.

– Le lycée a prévenu ma mère et elle n'arrêtait pas d'appeler. J'ai fini par répondre, histoire qu'elle ne rameute pas le Samu. Je lui ai dit que je rentrerais quand j'en aurais envie. Après, j'ai éteint mon portable.

Son ami émet un sifflement. Mi-sérieux mi-moqueur.

– Ouh, le rebelle ! Tu fais ta crise, c'est ça ? Excuse-moi, mais ce n'est pas trop sympa pour ta mère. Et puis ça ne te ressemble pas vraiment. Il t'arrive quoi, là ? Allez, raconte un peu.

– Raconter… ouais, je veux bien mais ailleurs, hein, parce que…

Léo sent les larmes lui brûler les yeux. C'est soudain. Imprévisible. Son menton tremble. Malgré lui, une larme dévale sa joue. Il est pris de court, se sent bête. « À manger du foin », ajouterait son grand-père, jamais en reste d'une image campagnarde.

Léo fait un énorme effort sur lui-même pour ne pas se mettre à sangloter, là, devant son ami et la moitié du bahut.

– Oh putain, fait Yannis. Il lui serre l'avant-bras. Respire, ne dis plus rien et amène-toi. Je t'offre un verre à la Place, on y sera tranquilles.

Ils pressent le pas, s'éloignent, longent le faubourg Montmélian. Enfilade de kebabs, boucheries halal, boutiques de bijoux au poids et de tatoueurs.

On les reconnaît, on les salue de loin. Yannis répond d'un signe de la main, Léo d'un hochement de tête. Ils ne parlent pas. Après l'avenue d'Italie, ce sont les rues piétonnes. Des jeunes avec des chiens font la manche. L'un d'eux jongle avec des quilles. Les passants l'ignorent.

Une fois assis, les langues se délient à nouveau. Les deux garçons aiment l'ambiance du café de la Place. Ce n'est pas un bar de lycéens, avec ses baby-foot, ses télés, sa musique formatée. L'endroit est un cocon, propice aux confidences.

C'est d'ailleurs à cette même table qu'ils se sont raconté les coins d'ombre de leurs vies, qu'ils ont forgé une amitié dans un métal, espèrent-ils, capable de résister au temps.

Le comptoir en étain, les poutres apparentes, la grande ardoise sur le mur du fond, avec son menu. Et toujours quelque personnage tendre et touchant, droit sorti d'une BD de Larcenet. Comme cet homme, hilare devant son journal. Yannis reconnaît l'hebdomadaire, son père l'achète chaque mercredi : *Le Canard enchaîné.*

Les cheveux presque crépus du lecteur lui font une couronne noire et argent autour de la tête. Avec son bouc, il ressemble à Georges Perec, l'écrivain dont une photo illustre la couverture de leur livre de français. Une dent absente troue d'une touche noire l'ivoire de ses dents. Il agite la tête, incrédule. « Ah bordel, les cons ! » s'exclame-t-il.

– Esther m'a intercepté à la cantine pour avoir des nouvelles, commence Yannis. Tu lui plais, ce serait bien que tu t'en rendes compte.

– Arrête.

– T'es un sex-symbol, faut assumer.

– Tu serais bien gentil de ne pas te foutre de ma gueule… c'est pas trop le moment, tu vois.

Trop d'agacement, dans sa voix. Il n'aime pas ça. Yannis ne semble pas le remarquer – ou s'en offusquer.

Il soupire.

– Ah, si tu savais. Bon allez, raconte maintenant, sans jouer à la Dame aux camélias. Je te préviens : si tu t'évanouis, je serai obligé de te faire du bouche-à-bouche. Alors : c'est grave à ce point-là ?

– C'est mon père, dit Léo, la voix chevrotante.

Il a les yeux baissés sur sa tasse. De la pulpe de son index, il collecte les grains de sucre tombés dans la soucoupe. Puis il porte le doigt à ses lèvres.

– L'Américain ?

– Oui. Benjamin.

– Mais… je croyais qu'il avait disparu après avoir mis ta mère en cloque ? Yannis fait un geste de la main : Pfuit, plus de nouvelles du cow-boy.

– Disparu sans même savoir qu'il avait mis ma mère en cloque, rectifie Léo. Ça, c'est la version officielle, celle que tu connais.

– Et l'autre, de version ?

Léo avale sa salive. Il rougit. C'est si brusque, encore une fois, si inattendu. Il sent la chaleur courir sur la peau de son cou, remonter vers ses joues, ramper jusqu'à son front.

À nouveau, la violence avec laquelle son corps réagit le surprend.

– Ma mère est toujours en contact avec mon père, depuis des années, peut-être même depuis toujours – et elle me l'a caché.

– Merde.

– Comme tu dis.

– Et tu l'as appris comment ?

– Par un hasard tout con. J'ai un peu forcé sur le portable, le mois dernier – et même carrément. Alors j'ai intercepté son dernier relevé bancaire, histoire de vérifier que j'avais pas trop explosé mon forfait et son compte, préparer le terrain, tu vois, prévenir le pétage de plomb.

– Je connais, intervient Yannis, j'ai fini par opter pour un forfait bloqué, ça évite les mélodrames.

– Et là, je tombe sur un truc bizarre, un virement vers une banque américaine, un nom du genre *US Bankcorp*, avec une somme en euros et sa conversion en dollars, au nom de B. L. Carr. Ça a fait tilt. Enfin, après un moment. Au début, mon cerveau a buggé, tu vois, le flou artistique. Je coinçais sur Carr. Ma mère n'a jamais voulu me lâcher le nom de famille de Benjamin. Le prénom, déjà, il a fallu des mois pour lui arracher, la photo et l'histoire de leur amourette, un bras de fer pas possible et des engueulades à répétition… et puis basta. Après, une vraie tombe. Alors Carr, tu vois, ça n'évoquait rien. Et puis c'est venu. D'abord la question : si c'était lui ? Et la certitude : mais qui d'autre, bordel ? Qui d'autre aux États-Unis ? J'avais le cœur comme après un cent mètres. Je ne pouvais plus respirer. Et quand ça s'est débloqué, je me suis mis à gueuler tout seul. Un vrai malade. J'ai mis la panique dans les archives de ma mère, les intercalaires volaient de partout. Sur chaque relevé de ces dernières années, c'était là, le 15 du mois, une somme qui augmentait petit à petit mais toujours le même nom, toujours le B pour Benjamin… un vrai cauchemar… un raz-de-marée dans ma tête.

Yannis fixe son ami. On dirait que Léo essaie de lire l'avenir dans sa tasse vide. La crème du café a séché. Yannis aimerait posséder la formule magique mais les mots lui font défaut, pour une fois. Il ne sait pas quoi faire avec la douleur de Léo. Immense.

– Tu en as parlé à ta mère ?

– Bien sûr. C'est pas la première fois qu'on s'envoie des horreurs, mais là, tout l'immeuble en a profité. Elle a dit que je n'avais pas à fouiller dans ses affaires, elle a parlé de confiance… de confiance, tu te rends compte ? J'étais dingue. J'ai balancé des atrocités, des trucs dégueulasses. Je me contrôlais plus. Elle a dit que je n'étais pas en état d'entendre quoi que ce soit et j'ai fini dans ma chambre, avec mes clopes et de la musique à me liquéfier le cerveau, presque mûr pour la camisole.

Yannis pince les lèvres. C'est du sérieux.

– Et t'as une idée pourquoi ta mère vire de l'argent à ton père ? Il est pauvre ? Enfin, dans le besoin ?

– Je n'en sais rien, aucune idée.

Le type, au comptoir, se bidonne toujours devant les saillies de son journal. Un jeune gars en bleu de travail pousse la porte. Une petite fille enserre son cou, ses cheveux nattés en de fines cordelettes.

Yannis pose la main sur le poignet de son ami. Il n'a pas envie que Léo souffre. Il voudrait lui offrir un peu d'oxygène, un peu de répit. Le silence entre eux semble durer des heures.

– T'as fait quoi aujourd'hui, du coup ?

– Pas grand-chose. J'ai traîné. À midi, j'ai acheté un sandwich vers Curial, il était dégueu et j'avais pas faim, je l'ai balancé aux canards.

– C'est moche de te venger sur ces pauvres bêtes.

Léo sourit. C'est gagné. Un petit peu gagné. C'est déjà ça.

– Après mon troisième tour de ville, j'ai fait les librairies. J'aime bien. Ça a un côté rassurant, les livres en attente de lecteurs. J'ai repéré un pavé sur les années punk, avec des super photos. Ça ferait un chouette cadeau pour l'anniversaire de Fred, dans trois semaines.

– Là, tu me rassures un peu… et la suite du programme, c'est quoi ?

– Va bien falloir que je rentre, à un moment ou à un autre.

Yannis approuve de la tête.

– Le plus tôt serait le mieux, je crois… J'ai le portable d'Esther, ce serait sympa aussi que tu l'appelles.

Claire, la mère de Léo, a les yeux cernés, le nez rougi, une mine de papier mâché.

Et un mouchoir à la main, en boule, froissé, dont elle tamponne ses narines.

C'est à cause de lui. Il le sait. Il imagine sans problème la journée affreuse qu'elle a dû passer, l'assistante dentaire, devant les mâchoires béantes des clients, à aspirer les salives, préparer les amalgames, imprimer les devis. « Bonjour. » « Au revoir. » Sourire de rigueur et inquiétude au ventre. Il l'imagine s'éclipser quelques secondes pour téléphoner discrètement, se heurter à la froideur d'une messagerie. Il se sent un peu coupable. Sa rancœur en prend un coup. Sa colère retombe. Le malaise domine.

Claire et Fred sont assis dans le salon. La télé est allumée, sans le son. Une émission à la con, des célébrités que personne ne connaît. Dans la jungle, une ferme, ou sur une île. Peu importe l'endroit. Une masse de bêtises.

Claire a ses jambes ramenées sous elle. D'une main, Fred lui caresse la nuque. Ils sont mignons, ces deux-là, à se papouiller à la moindre occasion.

Ils prennent un verre de vin, rouge. Avec des machins salés dans une coupelle, à grignoter. En fumant des beedies, ces mini-cigarettes indiennes rapportées cet été des puces de Saint-Ouen.

– T'as une sale tête, fait Leo.

– Tu n'as pas vu la tienne, un vrai zombie.

Les vannes, ce ping-pong gentiment moqueur, entre eux, c'est une vieille habitude. Et c'est plutôt rassurant comme entrée en matière.

– Salut Fred.

– Salut mon gars.

Son beau-père vide son verre ballon d'un trait. Il se lève. Ses paumes claquent sur ses cuisses. Sa guitare est debout près du canapé, dans un étui couvert d'autocollants. L'un d'eux encourage à manger du reblochon fermier. Un autre parle de rejoindre la fédération anarchiste.

– Je vous laisse, dit-il, à l'intention de Léo. On répète avec le groupe, ce soir. Ça fait un bail. Alors… voilà quoi… bonne soirée.

La scène manque de naturel. Fred dépose un baiser sonore sur les lèvres de Claire, puis disparaît.

Léo ne sait pas très bien où se poser. Son corps l'encombre. Décidément, ils ne sont pas très doués pour la comédie, dans la famille.

– Ne reste pas planté là, voyons, assieds-toi. Tu as mangé ? demande Claire.

– Oui, on a partagé un croque-monsieur, avec Yannis, et un paquet de chips au wasabi.

Elle ne fait aucune remarque sur la valeur nutritionnelle du dîner. Pas cette fois-ci. Ce n'est pas le propos.

– J'ai cru devenir folle, dit-elle, d'une voix plus fragile qu'elle ne le voudrait. Tu ne répondais pas au téléphone et j'ai eu peur que tu aies fait une bêtise.

– J'ai hésité à me balancer dans l'Albanne, mais elle est quasiment à sec. J'aurais eu l'air con planté dans la boue.

Elle esquisse un sourire. Elle tient son verre entre ses paumes, comme pour se réchauffer.

– Je suis désolé pour hi…

Ils ont prononcé ces mots et ont interrompu leur phrase ensemble. Ils éclatent de rire, à l'unisson.

Il y a, dans les yeux gris-vert de sa mère, une infinie tendresse qui serre le cœur de Léo. Il ne lui en veut plus. Plus autant. Il est prêt à pardonner. Mais pour cela il a besoin de savoir. C'est vital.

– J'ai dit des trucs, je n'aurais pas dû, commence-t-il, mais faut comprendre…

Elle l'interrompt. Elle aussi a ressassé. Mis de l'ordre dans ses idées. Mûri ses phrases. Fait le ménage dans le fourbi de son cerveau.

Alors elle parle. Vite. Elle a besoin de parler.

– Je sais, Léo. J'ai mes torts. Ça fait des années que je me torture avec cette histoire, sept ans, pour être précise, depuis que j'ai repris contact avec lui… avec ton père. Avant, c'était simple : il n'existait plus. Et il était hors de question qu'il prenne une trop grande place dans nos vies. Elle hésite : Bien sûr, tu… Maintenant que tu connais son nom, tu n'as pas eu la curiosité de le taper sur Internet ?

Il hausse les épaules.

– Ben non. Pourquoi ?

Elle mord ses lèvres. Le verre tangue. Une vague carmin vient lécher le rebord, il s'en faut d'un rien que le vin ne déborde.

– En fait, j'aimerais bien que tu le fasses, tout de suite. Ce serait plus simple pour… commencer à t'expliquer. Je n'ai simplement pas le courage, Léo, je crois même que je serais incapable de trouver les mots.

Le ton monte d'un cran, malgré lui.

– Mais quoi ? C'est qui mon père, à la fin ? Qu'est-ce qu'il a fait ? Il est pédophile ? Acteur porno ? Il a changé de sexe et il expose le nouveau sur son blog ?

En d'autres circonstances, elle trouverait peut-être cette dernière remarque amusante.

Mais là, elle ne répond rien.

C'est ridicule, se dit-il. Un tel mystère. Comme s'il s'apprêtait à ouvrir la boîte de Pandore. Pas moins. Ça fait flipper. Putain, qu'est-ce qui l'attend ? Et sa mère, debout derrière lui. Elle passe d'un pied à l'autre, se ronge les ongles, soupire.

On croirait…

Il ne sait même plus quoi penser. C'est juste dingue.

Google : *Beenja…* Merde ! Il a doublé le e. Ses doigts ont la tremblote et patinent sur le clavier. Il en fait pourtant chaque jour, des recherches sur le Net.

*Benjamin L. Carr.* Il prend conscience de ce L pour la première fois. L pour quoi ? Lionel ? Lincoln ? Lewis ?

Son doigt hésite soudain à cliquer. L'énormité de son geste le rattrape peu à peu. Son père est là, quelque part dans le monde virtuel, c'est certain. La peau de son index est plus blanche à l'articulation. Il ne faut pas réfléchir, surtout pas. Les battements de son cœur couvrent presque le « clic ».

La page disparaît, pour ressurgir aussitôt.

Le moteur de recherche indique, en haut à droite, qu'en 0,21 seconde il l'a déniché. Des millions de résultats avec une partie du nom – dont un Benjamin Carr informaticien et deux autres musiciens –, un lien unique avec le patronyme complet.

Benjamin L. Carr.

Après presque seize ans : 0,21 seconde pour retrouver sa trace.

« Clic ».

Le nom de Benjamin en tête de page, *Death Row, USA* entre deux photos de son père, plus vieux, marqué, amaigri, dans une moche chemise orange.

Mais souriant.

*Row*, ça ne dit pas grand-chose à Léo. Un rang ? Une rangée ? Malgré ses dix-huit et quelques de moyenne en anglais, il n'est pas sûr. *Death*, en revanche, il connaît.

Alors, aussitôt, surgit une pensée. Il arrive trop tard : son père est mort. Puis il se traite intérieurement d'abruti. Sa mère vire chaque mois de l'argent à un fantôme, dans l'au-delà. Les petits anges, au Ciel, ont besoin d'euros convertis en dollars, comme tout le monde. T'es vraiment con, mon pauvre.

Claire pose ses deux mains sur les épaules de son fils. Léo frissonne. Concentré. Ses nerfs tendus à se rompre.

Il s'efforce de donner un sens à ce qu'il voit.

Il y a ces deux bouts de fils barbelés, pareils à un décor macabre, puis ce sigle en dessous :

CCADP Canadian Coalition Against the Death Penalty

Alors il comprend.

Son père est en prison. Il n'est pas mort, non, pas encore, mais ça ne vaut guère mieux : il attend son exécution.

Il sent la pression des doigts de Claire sur ses clavicules. Un sanglot vient mourir dans sa gorge. Son sang cogne dans ses tempes et des gouttelettes de sueur perlent à son front. Il a le cœur au bord des lèvres.

– Léo, mon grand, ça va ?

Non. Ça va pas du tout. Comment ça pourrait aller, dis ? Par quel miracle ?

Il voudrait avoir trois ou quatre ans. Il voudrait pouvoir se réfugier dans les bras de sa mère, comme avant, quand il n'avait pas de père, quand il n'y pensait même pas vraiment.

Claire a préparé une tisane. Aux agrumes pour Léo, sa préférée. Dans un mug décoré du drapeau britannique et de la reine mère, en chapeau et tenue mauves. Elle a choisi un thé pour elle, vert et japonais. Ils sont assis l'un en face de l'autre. Un gros paquet de mouchoirs en papier « premier prix » trône sur la table basse. Les larmes se sont taries, enfin, mais les nez coulent encore un peu. Dans la tête de Léo, les questions et les images se télescopent. Le visage de son père répété au centuple, comme le personnage principal d'un jeu vidéo devenu fou.

Il prend sur lui, s'efforce d'atténuer les tremblements dans sa voix. Bien prononcer chaque mot, éviter que ça se fissure, quitte à s'exprimer comme un crétin de GPS.

– Le plus simple serait que tu me racontes tout, depuis le début, dit-il.

Claire approuve de la tête. Elle avale une gorgée. De son côté, la tension est retombée. Le plus dur est derrière elle. C'est un soulagement d'en être arrivée là. Il était devenu un peu trop lourd à porter, ce foutu secret.

– Tu connais, en gros, la partie américaine de mon histoire.

Il la connaît, oui. Des bribes arrachées de haute lutte. Benjamin et Claire travaillaient aux caisses. Côte à côte. Il était drôle, mignon, avec un côté mauvais garçon, *bad boy*, craquant pour une petite étudiante jamais sortie de chez elle.

Un amour de passage.

– On n'a jamais envisagé ça autrement. On n'a jamais parlé de rester en contact ou de prolonger cette aventure, d'une façon ou d'une autre, ajoute-t-elle. D'ailleurs, quand il s'est fait la malle avec la recette…

Léo a un sursaut.

– Sérieux ?

Sa mère laisse échapper un rire.

– Eh oui ! Dans la voiture du patron, un sale con qui nous exploitait, entre parenthèses. Benjamin m'avait parlé de ce… projet, mais je n'y avais pas cru. Du coup, on ne s'est même pas dit adieu. Il a disparu. Une étoile filante, le genre bandit de grand chemin. Ça m'a plutôt amusée. Il y a eu une enquête. J'ai dit à la police que je ne savais rien. Il restait une semaine de travail. On avait prévu, avec les autres, de s'offrir une virée sur la côte ouest avant de retourner en Europe. Ça ne remettait rien en cause.

Léo dévisage Claire. Il se rend compte qu'il ne sait pas grand-chose d'elle, finalement, de son histoire avant qu'il vienne au monde.

De qui elle est, au fond, en dehors d'être sa mère.

Il a surtout pensé à lui, toutes ces années.

– On avait pris nos précautions, continue-t-elle, et pourtant je me suis retrouvée enceinte. J'ai hésité. Pas très longtemps. Le timing n'était pas idéal, mais j'avais envie de te garder. Je me sentais de taille. J'ai renoncé aux Langues orientales, à Paris, et j'ai choisi une formation courte d'assistante dentaire. Dans la région. Pas le rêve mais je t'avais, toi, c'est ce qui comptait.

– Tu as regretté ?

Le ton est sans équivoque.

– Non. Je n'ai jamais eu l'impression de m'être sacrifiée.

– Et après ?

Claire a un mouvement d'épaule, qu'il connaît bien. Elle ramène une mèche de ses cheveux derrière son oreille.

– Après : rien. Benjamin Carr vivait sa vie et moi la mienne. Ça m'allait parfaitement.

– Tu n'as pas essayé de le contacter pour lui dire… enfin, qu'il sache pour moi.

– J'y ai pensé, tu t'en doutes. Est-ce que j'avais le droit de me taire ? J'ai demandé conseil à des amis, en particulier à ceux qui l'avaient connu, là-bas. Leur avis me semblait plus… légitime. Et chaque fois les mêmes réponses, souvent sous forme de questions : À quoi bon ? Dans quel but ? Benjamin, le monde tourne autour de son nombril. Alors un gosse, en France, à cinq mille kilomètres ! Tu crois vraiment qu'il a envie d'endosser le rôle ? Tu t'imagines qu'il va prendre le gamin pendant les vacances scolaires ? Décortiquer ses notes dans le bulletin trimestriel, lui faire réciter ses leçons ? Et puis le contacter, de quelle façon ? Où ?... Là, ils touchaient juste : je ne savais rien de lui, moi. Je n'étais même pas sûre de pouvoir écrire *Carr* correctement. Aux dernières nouvelles, il était recherché par la police et se baladait quelque part dans une voiture volée.

Léo hoche la tête. Vu comme ça, c'est sûr.

– Je ne lui devais rien, poursuit Claire, alors j'ai décidé de vivre ma vie, de la construire avec toi, à deux. Ça ne me semblait pas forcément moins solide qu'à trois.

Le malaise ne lâche pas Léo. Mais il lutte. C'est comme une fièvre qui couve.

– Et après ? Tu l'as appris comment pour... la prison ?

– C'est Hena. Tu sais, la fille brune aux cheveux longs, sur la photo.

– Ton amie slovaque.

– Oui. Elle travaille pour un organisme européen, à Bruxelles. Un poste en relation avec les droits de l'homme. Elle est tombée sur son nom, par hasard. Ça a fait tilt, elle m'a contactée. C'était il y a sept ans.

Le visage de Léo se contracte dans un spasme douloureux. Sept ans ! Presque la moitié de sa vie passée dans l'ignorance. Alors qu'il aurait suffit d'un mot.

C'est bien joli les raisonnements, les additions, les pour, les contre… mais l'absence, le manque, la privation, ça ne se mesure pas dans des colonnes, avec des plus ou des moins !

Claire sent le désarroi de son fils. Il encaisse, ballotté, mais il s'accroche. Son courage l'impressionne. Sa maîtrise aussi.

– Et après ?

– Aussi longtemps que Benjamin était un fantôme, il suffisait de faire comme s'il n'existait pas. Après… Il n'y a pas une énorme différence entre mentir et se taire. Là encore, les copains m'ont aidée à trancher : tu étais bien trop jeune pour vivre un truc pareil. Alors j'ai repoussé le moment de t'en parler. Elle baisse la tête : Tu grandissais et chaque année, aux dates charnières, anniversaires, nouvel an, je me demandais si le bon moment était arrivé, s'il était temps. Je n'y arrivais pas. Quel que soit son âge, annoncer à un gosse que son père attend d'être exécuté à l'autre bout du monde, c'est impossible… J'ai été lâche, Léo, j'espère que tu me pardonneras.

Une clé fourrage dans la serrure. C'est Fred. Il entre, l'air lessivé mais heureux. Avec des lueurs dans les pupilles.

– On s'est donnés à fond, dit-il, tapotant l'étui de sa guitare. Les Clash, rien de mieux pour se défouler.

– Des morceaux que je connais ? demande Léo.

Un réflexe, la question. Il s'en fout, à ce moment précis, des Clash et du reste, mais il aime bien Fred. Il ne voudrait pas qu'il se sente de trop.

– Certains, oui. *London Calling, Guns of Brixton*... les classiques. D'autres, pas sûr. Je te les ferai écouter, ça devrait te plaire... Bon, je suis crevé. Une douche et au lit. Bonne nuit vous deux.

– Merci. Toi aussi.

Il embrasse Claire, ébouriffe Léo dans un geste qu'il n'a plus fait depuis des mois.

Suit un moment de flottement, un peu maladroit. Le fil de la conversation a été rompu. Pas si facile, de retrouver d'emblée le ton de la confidence. Claire se lève. Elle glisse un CD d'Anouar Brahem dans le lecteur : *Astrakan Café*. Le son du oud, ses inflexions, ses douces arabesques, c'est ce qu'elle préfère à cette heure du soir. Elle se rassoit, sourit à Léo.

Bien sûr, qu'il lui pardonne. Comment faire autrement ? C'est sa mère. Elle a agi de la façon qu'elle croyait juste. Même si ça fait mal.

– Il est là-bas pour quoi ?

– Homicide.

– Ben oui je suis con, moi, pas pour vol à l'étalage.

Plus jeune, à ses copains, Léo annonçait toujours que son père était américain, avec une bonne dose de fierté dans la voix. Il ne se doutait pas, alors, qu'il aurait pu ajouter à sa phrase : « Et en plus, c'est un assassin. »

– Et pourquoi tu as décidé de reprendre contact avec lui, cette fois-ci ? Surtout après… enfin, vu ce qu'il avait fait.

– Raison de plus. Il avait besoin d'aide, c'était évident. Imagine un peu, le couloir de la mort, juste le nom, ça fout la chair de poule, hein ? Et c'est même pire que ça, un cauchemar. Et puis c'est curieux, mais j'ai longtemps eu envie de correspondre avec un prisonnier. En France ou ailleurs. Je ne pensais pas que cela prendrait un tour personnel…

Léo garde ses paumes autour de sa tasse, vide et froide. Il ne saurait pas quoi faire de ses mains, autrement.

Ce qu'il sait des prisons, lui, il l'a vu dans des films. De la violence, des rapports de force. Les gangs. Les viols. L'humiliation.

Des clichés, peut-être.

Et puis bon, ça reste des décors, des acteurs. La prison, faut sûrement la vivre au quotidien, dans ses tripes, pour s'en faire une idée.

– Et il sait, pour moi ? demande-t-il.

– Oui, bien entendu. À partir du moment où je reprenais contact, il n'était pas question que je lui cache ton existence.

– Et ?

– Ça l'a… secoué. C'est le moins que l'on puisse dire. Je lui donne de tes nouvelles, régulièrement. Je pense qu'il aimerait en avoir davantage, mais il ne réclame rien. Il fait profil bas. Parce qu'il faut lui rendre cette justice, il a été honnête. Presque blessant, même. Enfin, dans un sens, on ne s'était pas trompé sur lui. Il a admis que s'il ne s'était pas retrouvé dans ce trou à rat, s'il avait continué sa vie d'avant, s'il n'avait pas si profondément changé, il n'en aurait sans doute pas eu grand-chose à faire, de nous deux.

Léo sait que sa mère dit « de nous deux » pour ne pas dire « de toi ». Qu'elle veut adoucir l'image de ce père qui s'en fout.

L'horloge, au mur, indique minuit trente. Claire écrase un bâillement derrière sa main.

– Il est super tard, tu n'as pas sommeil ? demande-t-elle.

– Vraiment pas.

– On continue, alors ?

– Ouais, on continue. S'il te plaît. J'ai sept ans à rattraper…

Quoi, maintenant ?

Léo tient enfin sa réponse. Il sait où est son père. Et même un peu plus. Le contour reste flou, une silhouette dans la brume, mais ce n'est plus tout à fait un spectre. Il a gagné un peu d'épaisseur.

Seulement, de cette réponse sont nées un millier de questions. Parmi lesquelles la plus brûlante, la seule qui importe pour le moment : qu'est-ce que je fais, à partir de là ?

Je laisse tout tomber ou je vais plus loin ?

Sa mère a dit de lui qu'il avait « profondément changé » – jusqu'à quel point ?

Benjamin ne l'a pas désiré. Benjamin n'a pris aucune part active dans sa vie, jusqu'ici, et Léo s'en est très bien tiré sans lui. Quel rôle lui donner, alors ? Et dans quel but ?

Il lui faut y réfléchir, seul.

Alors, à contrecœur, il a écarté Yannis d'un : « Voilà, je t'ai dit le principal. Maintenant, c'est tellement le bordel dans ma tête, faut que tu comprennes, j'ai besoin d'un moment sans voir personne. » Une phrase sans appel. Si son ami s'est senti blessé, il n'en a rien montré. « Je suis là si tu as besoin de moi, OK ? » a-t-il répondu, avec sa classe habituelle.

Léo a bredouillé un « merci » un peu piteux, puis a traversé les trois jours suivants et les contrôles : les SVT, un désastre, naufrage en allemand, navigation à vue en géo –, sans parler à quiconque, dans un état second, une espèce de coma éveillé.

À la maison, ça n'a guère été plus brillant. Il a prétexté des devoirs, des révisions, des maux de tête, d'estomac, n'importe quoi pour abréger les échanges.

Il ne se sent pas de faire l'effort.

Claire et Fred ont eu des regards lourds de sous-entendus, mais dans l'ensemble, Léo s'est tellement fermé au monde – une vraie huître – qu'on lui fiche une paix royale.

Pour le moment.

Seuls comptent les deux mots qui l'obsèdent : quoi, maintenant ?

Ces quatorze lettres se cognent aux parois de son crâne, renvoyées d'un côté à l'autre comme la balle carrée de ce jeu de tennis préhistorique auquel Fred s'adonne parfois sur Internet.

C'est à devenir fou.

Alors, ce vendredi, quand sonne la fin du cours de maths pendant lequel il a fait des ronds sur sa feuille, jusqu'à passer au travers avec la pointe de son stylo – des ronds sur des ronds sur des ronds, comme un hamster idiot tourne dans sa roue –, il s'éclipse, direction le parc de Buisson Rond, bien décidé à prendre une décision.

En espérant juste que ce soit la bonne.

Il marche le long de la piste cyclable, croise un groupe de mamies en survêt avec des reflets bleutés dans les cheveux, des gamins en équilibre précaire sur des rollers, les inévitables papas et mamans à poussettes.

La piscine sur la gauche, la patinoire de l'autre côté, le château de Boigne plus loin, avec sa roseraie.

Il ne l'avouerait à personne, même sous la torture, mais Léo aime bien venir ici, déambuler parmi les massifs de fleurs. Un jardinier lui a appris qu'on n'y trouvait pas moins de quatre-vingts sortes de roses. La plupart portent le nom de gens célèbres, vivants ou morts, inscrits sur de petits écriteaux attachés à des tuteurs fichés dans la terre. Il n'en connaît presque aucun.

Il emprunte le chemin qui monte vers les hauteurs du parc. Là, on joue au ballon ou on s'affale sur les pelouses. Un groupe braillard s'essaie au dressage. Sans succès. Leurs chiens cavalent, pissent aux mêmes endroits, langue pendante, indifférents aux ordres beuglés par les propriétaires.

Léo est hors d'haleine mais ne ralentit pas son rythme. Mettre un pied devant l'autre l'aide à y voir plus clair. Il longe le mur du cimetière.

Des amoureux sont allongés dans la pente, au milieu d'herbes hautes, à l'abri des regards.

Il coupe à gauche, atteint le centre équestre. Son lieu favori. Plein d'odeurs étrangères à la ville, de bruits qu'on n'entend pas ailleurs.

La pyramide de crottin mélangé à de la paille, sur le devant, l'écurie où l'on vient admirer les chevaux dans leurs box. Les enfants y entrent en serrant fort la main d'un adulte, fixent avec des yeux émerveillés ces grosses bêtes au souffle puissant et vif, au piétinement nerveux.

Des hommes et des femmes munis de seaux, de brosses, de fourches, de selles ou de harnais, passent d'un endroit à un autre, le rythme de leur journée calqué sur celui des chevaux.

Du hangar en tôle percent des éclats de voix. Et Léo se rend compte qu'il n'a jamais osé s'aventurer au-delà des grandes portes à glissières, là où les animaux et leurs cavaliers trottent, bondissent, tournent, dansent ensemble en soulevant de petits nuages de sciure.

Il y entre. Discrètement. S'accoude à la barrière. Ce sont presque toujours des filles, qui montent. Il se demande bien pourquoi. Il croit bien que ça ne lui déplairait pas, à lui, si l'occasion se présentait.

L'instructrice dirige les exercices de la voix, corrige, conseille, encourage.

C'est comme un ballet qui entraîne ses pensées.

Mon père est un assassin, se dit Léo, mais c'est mon père, bordel, c'est mon père et j'en ai pas d'autre…

Ça n'avance pas. Partout ces impasses, où qu'il se tourne.

Quand il était encore dans l'ignorance, avec sa photo datée, ses rêves de gosse, ses clichés sur l'Amérique, au moins il pouvait s'imaginer le père qu'il voulait.

Si jamais je décide de continuer ma vie sans lui, est-ce que je finirai par le regretter ?

Une masse frémissante bouche son champ de vision. L'expiration brusque l'arrache à sa rêverie. Une cavalière a stoppé son cheval devant lui.

– Quand tu es dans la lune, toi… dit-elle. Ça fait dix minutes que je te fais des signes, un vrai sémaphore.

Il ne la reconnaît pas immédiatement. À cause du casque, des bottes, du lieu. Elle trône à deux mètres ou presque, alors que d'habitude il la voit dans une salle de classe, un couloir ou un réfectoire. Jamais en dehors du lycée.

Ça modifie les perspectives.

Sans compter qu'il n'est pas sûr du tout de savoir ce qu'est un sémaphore.

– Ah Esther, excuse, je…

Elle sourit.

– J'ai presque fini. Tu m'attends ? On va prendre un verre quelque part, après… ça te dit ?

– Euh… oui… enfin je… ouais, pourquoi pas ?

Elle pince les lèvres.

– Ton enthousiasme fait plaisir à voir. Mais pas de chance pour toi, je suis tenace… jusqu'à un certain point. À tout de suite.

Et elle repart au trot.

C'est très esthétique, une jolie fille sur un cheval. Léo repense à ce vieux film, un peu trop mélo à son goût. Sa mère les a gavés pendant deux heures et demie avec le physique de l'acteur principal, Robert quelque chose.

L'histoire d'un type qui murmure à l'oreille des chevaux. Non mais franchement…

– Je ne connaissais pas, ici, fait Esther en détaillant la déco du café de la Place. J'aime bien. Son regard s'attarde sur l'ardoise où est inscrit le menu : « Moelleux au chocolat », ça fait envie...

– C'est notre repaire avec Yannis, explique Léo. En général, il n'y a personne du lycée, on est tranquilles.

– Ah, le beau Yannis. Vous êtes inséparables, tous les deux. Je n'aurais jamais cru en voir un sans l'autre.

« Le beau Yannis ». Léo ressent malgré lui une légère pointe de jalousie. Un réflexe idiot et typique de mâle dominant, dirait sa mère.

Esther a pris un thé, « Herbe bleue ». Léo un Coca. Il se rend compte qu'il n'a jamais eu une vraie conversation avec elle. Des échanges banals, mais rien de sérieux. Quand une fille lui plaît, il ne se sent pas à la hauteur. Alors il fuit. Il renonce. Et on prend sa timidité pour de la froideur – ou de l'indifférence. Il s'en sort mieux, finalement, s'il s'en fiche un peu.

Elle verse le liquide ambré dans la tasse, maintenant le couvercle de la théière avec la pulpe de ses doigts.

Léo l'observe.

Charmante, vraiment. Avec quelque chose de désarmant, une spontanéité qui inspire confiance. C'est assez inexplicable, au fond, mais il a le sentiment qu'elle est la personne dont il a besoin.

Alors il se lance :

– Est-ce que tu crois que tout le monde a droit à une deuxième chance ? demande-t-il.

Elle ne s'attendait évidemment pas à ce genre de question. C'est un peu étrange, pour un premier tête-à-tête.

– Tu parles de quoi ?

Il se racle la gorge.

– Je veux dire : en général. Même si on a fait un truc dégueulasse, tu vois, mais qu'on paie pour ce truc. D'après toi, est-ce qu'on a droit à une deuxième chance ?

Sa main dessine une courbe gracieuse dans l'air devant elle.

– Oui je crois, oui. On est humains, non ? Elle réfléchit quelques secondes, avant d'ajouter : Enfin, peut-être que ça dépend aussi des circonstances. Tu peux préciser ? Dégueulasse comment ?

Loin dans ses pensées, Léo fixe un nœud que fait le bois dans le dossier d'une chaise. Pareil à un œil.

– Je vais lui écrire, murmure-t-il d'une voix sourde.

Esther le scrute, incrédule.

– Hello ? fait-elle. Tu as remarqué que j'étais là, hein ? Qu'on se parle, que je m'intéresse ?

Elle repousse son siège, dont les pieds crissent sur le sol. Son visage est fermé. Très pâle.

– Je me sens vraiment trop conne, ajoute-t-elle, blessée, j'insiste alors que tu t'en fous. C'est ridicule.

Léo a une grimace d'impuissance. Pas maintenant, surtout pas. Il ne veut pas gâcher cet instant. Mieux : il a envie qu'il dure.

– Non non… reste, s'il te plaît !

Il l'a presque crié. La serveuse tourne la tête. Les demis de bière tanguent sur son plateau.

– Je suis vraiment désolé, ajoute Léo, plus bas, c'est juste… il fallait que je prenne une décision super importante et tu m'as aidé, sans t'en rendre compte… C'est un soulagement, t'imagines pas, ça me rendait dingue. Et c'est fini.

Il est sincère. Esther le voit bien. Se rassoit. Pas facile d'accès, le garçon. Pourtant, elle a le sentiment qu'il en vaut la peine.

– Tu es un vrai mystère, toi. Une anguille. Et tu sais te faire désirer. C'est une technique de drague, où quoi ?

Léo éclate de rire.

– De drague ? Tu rigoles ? Je suis bien incapable de…

Il n'a pas le temps de finir sa phrase. Et c'est tant mieux : il allait discourir inutilement.

Esther prend appui sur la table, des deux mains, se penche, pose ses lèvres sur celles de Léo. Leurs bouches se lient, s'attrapent, se mordillent, leurs langues s'effleurent.

C'est inattendu, merveilleux. Doux, très fort. Il y a un goût de rhubarbe sur les lèvres d'Esther.

La serveuse, dehors, fume une cigarette, une épaule contre le mur. Elle les observe. Il y a plein de tendresse dans son regard.

– J'en avais trop envie, fait Esther, depuis longtemps. Pourquoi tu souris ?

Il mord cette bouche rose et charnue, à nouveau. C'est tellement bon. C'est tellement inespéré. Une mèche des cheveux bruns d'Esther lui caresse la joue.

– J'ai l'impression qu'il ne m'arrive rien depuis des années, dit-il et là, tu vois, tout s'accélère. Ça me tourne un peu la tête, c'est génial et douloureux à la fois… mais… c'est la vie, putain, c'est la vie.

« Papa ? »

Non. Un mouvement à peine perceptible du visage, de droite à gauche. Non, franchement non. Trop d'affectif, dans ce mot, trop de proximité. Comment appeler « papa » un homme que l'on n'a jamais vu, en vrai ? Dont on ne sait pas grand-chose, sinon qu'il a tué quelqu'un ? Un « papa », se dit Léo, ce n'est pas seulement un géniteur. C'est autre chose. Même s'il serait bien incapable de dire quoi, au juste.

Bon, en même temps, il ne va pas l'appeler « monsieur ».

Léo soupire. À ce rythme, s'il faut peser chaque mot… Par chance il n'y a pas de tutoiement, en anglais, c'est déjà ça de réglé. Et puis écrire une lettre à la main, c'est l'âge de glace. La dernière fois, il était gamin. Des vacances à l'île de Groix, une carte postale à ses grands-parents. Il fait beau et je m'amuse bien, la mer est super belle, gros bisous. Tout de travers, avec des fautes d'orthographe à la pelle.

Cette lettre-ci, destinée à son père, il a bien songé à la taper sur son ordinateur, mais pour un premier contact, elle aurait quand même manqué de chaleur.

Bon, faut se lancer.

L'anglais, au moins, ça devrait aller. C'est sa matière fétiche. Depuis toujours. Peut-être a-t-il cherché, inconsciemment, à se hisser à la hauteur du mythe paternel ? À moins que ce soit juste une affaire de goût. C'est difficile à dire et il n'a pas trop envie de se lancer dans une auto-analyse.

Bonjour.

Voilà. Il va commencer par « bonjour », c'est neutre, passe-partout, cela n'engage à rien. Et il finira par un prudent : « À bientôt, je l'espère. »

*Je l'espère* parce que ce serait vraiment moche, triste et moche, si ses mots restaient lettre morte.

C'est un poids en moins.

Même si, à présent, il y a l'attente. Et d'autres questions qui s'empressent de chasser les premières.

Est-ce toujours ainsi ? se demande Léo. Est-ce qu'on passe son temps d'une indécision à une autre, d'une impatience à une autre impatience ?

# 2

# D’un mur à l’autre

Il y a cette odeur de bitume trempé par l'orage, les gaz d'échappement et puis ces effluves, organiques, qui doivent venir de la rivière en contrebas. Elle coule, paresseuse, entre les arbres dont les feuilles jaunissent.

Léo traverse au passage pour piétons. Un VTT grille le feu, zigzague, l'évite d'un coup de guidon, fend les flaques dans une gerbe d'eau sale.

Elle est là, sur la gauche. Il savait bien qu'il y avait une prison, quelque part – le terme exact est « maison d'arrêt » –, mais de là à dire où. Il a dû pourtant passer à côté, à l'occasion, sans rien remarquer.

Il faut avouer qu'elle n'est pas vraiment spectaculaire, non plus. Un haut mur, forcément. Du gris. Des bâtiments jaune pisseux. Un ensemble bien moche, bien déprimant. Il se demande quel genre de personnes on enferme là-dedans. Si les petits délinquants y côtoient ces criminels qu'on appelle « endurcis », au journal télévisé.

Sur la droite, il y a le cimetière. C'est assez moyen comme perspective.

Une rafale de vent charrie des ordures. Léo s'avance. Rien de particulier. Une porte blindée. Des barbelés. Des caméras. C'est assez basique, l'enfermement.

Il contourne l'édifice. L'arrière côtoie un terrain de sport. Il se fige. C'est inattendu. Quelqu'un a grimpé à l'un des poteaux longeant la pelouse. Il est presque au sommet. Capuche rabattue sur la tête, il enlace le pilier. Et il parle par-dessus l'enceinte à une personne dont on aperçoit les avant-bras, au travers des barreaux.

Parler n'est pas le terme exact. Il s'époumone. À cause de la distance, du vent, des bruits de la route.

Il beugle à l'autre qu'il va lui apporter des vêtements de rechange. Il lui gueule de ne pas craquer, il va s'en sortir, ça fait pas de doute vu que c'est la faute à l'autre fils de pute, pas la sienne.

Puis il reconnaît qu'il fatigue, là, pendu comme un macaque, il tient plus, c'est mouillé, ça glisse, alors il lui dit sois fort, à demain, il l'embrasse et maman aussi – même si, pour le moment, elle sait pas où il est.

Puis il se laisse descendre jusqu'à terre, essuie ses mains à son survêtement, crache sur la pelouse en grommelant quelque chose.

Il remarque alors Léo qui l'observe, lui aboie :

– T'as un problème, toi, espèce de bâtard ?

Léo fait non de la tête. Pas de souci. Profil bas. Il n'a pas envie de ça. Les embrouilles. En venir aux mains, peut-être. Les rares fois où cela lui est arrivé, il s'est toujours senti con, après. Primitif. Cro-magnon. Parce qu'à quoi bon ? Et pour quelle raison ? Pour des mots ? Un geste d'humeur ? Un regard ? Est-ce que c'est mieux que deux chiens qui se reniflent avant de se sauter à la gorge ?

L'autre se dirige vers un scooter, rangé sur le trottoir. Il démarre, le casque en haut du front, fait un doigt en direction de l'automobiliste dont il coupe la route. Une cocotte-minute sur deux roues, prête à exploser.

Léo sourit.

Bâtard ? La définition, c'est bien enfant illégitime, non ? Alors c'est un peu vrai. Ça se voit tant que ça ?

Puis il se demande ce qu'il est venu foutre ici, devant cette prison miteuse. Il croyait y trouver quoi ? Un frisson ? Des réponses à quelles questions ? Voir le vrai truc, tâter du réel ?

Il ferait mieux de rentrer. Mais avant, il va pousser un peu plus loin. Il a pris goût aux plus longues marches, dernièrement. Avec une prédilection pour les parcs, les jardins, la nature.

Son lieu de balade favori, c'est les Charmettes, la maison de Rousseau, cet autre promeneur dont on lui a fait lire des textes, au collège.

Léo s'y rend dès qu'Esther est à ses cours de dessin et Yannis occupé ailleurs.

Eux trois, en quelques jours à peine, c'est devenu une évidence, son antidote aux coups de blues.

Esther et Yannis lui donnent des ailes, l'entraînent dans des sphères de la vie auxquelles il n'avait pas accès, jusque-là.

C'est comme une ivresse légère. Et c'est merveilleux.

Il fait presque nuit quand Léo rentre à l'appartement. Fred travaille tard. Sa mère lit, le chat sur les genoux. Il ronronne, une patte en travers des yeux.

– Salut m'man.

– Salut mon Léo, tu as passé une bonne journée ?

– Ça va, tranquille, la routine. Et toi ?

– Pareil. Pas mal de chieurs, aujourd'hui. Aucune place, mais il leur faut à tout prix un rendez-vous.

– Faut faire avec, hein, pas le choix. Eh, salut aussi, Pot d'colle !

Léo caresse la collerette de poils, autour du cou. Le félin renverse la tête. Un bout de langue rose pointe entre ses dents.

– Au fait… j'ai écrit à Benjamin.

La phrase claque dans l'air. Sa mère ne commente pas. Le bouquin, un emprunt à la médiathèque avec sa cote sur le dos, trois chiffres, trois lettres, glisse un peu entre ses doigts. Elle serre les lèvres puis lance, lapidaire :

– C'est toi qui vois, Léo…

Elle s'essaie même à lui sourire, mais il y a de l'inquiétude dans les traits de son visage. Léo acquiesce en silence, se dirige vers le coin cuisine, ouvre le frigo. À la recherche d'un truc à grignoter.

– On mange quoi, ce soir ? demande-t-il.

– Des lasagnes. Ça te va ?

– Ouais génial. J'adore.

Le ton est faussement enjoué, l'échange faussement anodin. Il y a un malaise diffus, entre eux. Claire pose son livre, ouvert à la page qu'elle n'a pas terminée. Elle déplace le chat qui se roule en boule sur le coussin, ouvre le tiroir de la table basse, prend une cigarette. Elle la fait tourner entre ses doigts, d'un geste nerveux, puis se lève et sort la fumer sur le mini-balcon.

Léo engloutit un yaourt à boire. À la banane. Claire l'appelle.

– Tu peux venir une minute ?

Il s'essuie la bouche, pose la bouteille sur le plan de travail, s'approche.

Toujours cette tension dans les petites rides autour des yeux, dans le pli de sa bouche.

– Tu fais attention à toi, hein ? dit-elle. S'il te plaît.

Sa voix se brise. Les larmes lui viennent. Pudique, elle détourne la tête.

Et Léo qui, depuis un an ou deux se sent trop grand pour les effusions, mal à l'aise dans les câlins, les démonstrations de tendresse, serre sa mère dans ses bras. Un geste de grand, un geste protecteur.

C'est inédit.

Claire se laisse aller contre lui, elle a besoin de s'en remettre à son fils, cette fois-ci.

Elle tend la main sur le côté, pour ne pas le brûler avec sa cigarette.

Léo a mangé dans un kebab, avec Esther. Yannis est à Grenoble, à son cours de théâtre. Il se rend deux fois par semaine sur le campus. Parfois le week-end, pour des répétitions plus longues. La troupe monte *Le Songe d'une nuit d'été*. Léo a lu des extraits de la pièce, au CDI. Une histoire de couples, de fées, de comédiens. Une forêt mystérieuse, de la magie, le rêve. Il imagine sans peine Yannis se glisser dans cet univers-là.

La mère de Léo et Fred passent la journée sur le plateau des Hurtières, chez les DD. Avec Mich. Il ne les a pas vus depuis longtemps et ils lui manquent. Ces trois-là, c'est un peu de la famille qu'ils se seraient choisie.

Au début, Léo s'est senti amer. Il leur en a même voulu. Un peu. Ils étaient dans la confidence. Ils savaient, pour Benjamin. Et chacun gardait le silence. Avec du recul, il a nuancé. Le bien, le mal, ce n'est jamais aussi simple.

Léo aurait aimé rester davantage avec Esther, mais ils ont une flopée de DM à rendre, d'ici vendredi. Il a pas mal déconné, ces derniers temps et ça s'est traduit par une série de notes vraiment minables.

Il pousse la porte du hall, appuie sur la minuterie, ouvre la boîte. Il l'a espérée, chaque jour, cette lettre de son père. Et la voilà enfin, sur son matelas de pubs. Rectangulaire. Banale.

Il s'en saisit avec des précautions excessives. Il s'efforce au calme.

Une enveloppe épaisse. L'adresse de l'expéditeur est rédigée en haut à gauche. Celle du destinataire au milieu, en lettres majuscules. Il y a huit timbres. Six de 1 cent représentant un oiseau au plumage rouge et bleu, avec des taches blanches sur le corps, noires autour des yeux. *American Kestrel.* Léo n'y connaît pas grand-chose, en oiseau, mais il n'en a jamais vu de semblable.

Deux autres timbres plus communs figurent la bannière étoilée, au vent. Un tampon rouge pâle, presque rose, barre l'enveloppe : *Mail from a state correctional institution.* Histoire de mettre dans l'ambiance : ce n'est pas tata Gertrude qui vous envoie une carte bien kitsch pour votre anniversaire, mais un repris de justice.

Cela ne gâche en rien l'émerveillement, un peu naïf, d'avoir entre les mains ce courrier que son père a manipulé et qu'il touche à son tour.

Son cœur bat trop vite. Sa jambe est prise de tremblements. La minuterie s'éteint. Il enfonce le bouton blanc de la paume, monte les escaliers quatre à quatre, peine à enfiler la clé dans la serrure.

C'est vraiment une chance, qu'il soit seul.

Kira s'approche, le dos rond, se frotte aux jambes de Léo. Qui ne remarque rien. Il laisse tomber son sac, défait sa veste, ouvre l'enveloppe dont un angle se déchire. Il regrette – trop tard – de ne pas avoir utilisé un couteau.

À l'intérieur, les feuillets sont couverts d'une écriture régulière, délicatement penchée. C'est tracé d'une plume légère, sans rature.

Léo se souvient vaguement d'un article sur la graphologie parcouru dans un magazine, chez l'orthodontiste. Pression du stylo, dimension, inclinaison des lettres.

Il paraît que l'on apprend une foule de choses, grâce à l'écriture.

Benjamin a rédigé sa lettre en élève studieux, sur le recto des feuilles. Le papier est veiné de fines lignes horizontales, avec des marges de part et d'autre. Son stylo n'a jamais dépassé les limites.

Léo respire lentement. Il s'assoit. Kira miaule, réclame, se pâme. En pleine entreprise de séduction. En vain. Pas de caresse. Pas un mot. Pas même un regard.

Le chat se remet sur ses pattes, s'étire, bâille puis s'éloigne, dédaigneux, en direction du bol de croquettes posé sur le sol, près de l'évier, sa queue touffue bien droite, ostensiblement vexé.

Mais Léo est ailleurs. Trop absorbé pour goûter à l'humour de la situation. Il tient les feuillets dont il n'a pas encore déchiffré le moindre mot.

Se lancer dans cette lecture, c'est un peu se jeter d'un plongeoir de douze mètres. Il y a un temps, une pause, une respiration. Après, il n'y aura plus de retour possible.

La chute. L'impact. La coulée. En apnée jusqu'au bout. Qu'il crève la surface, les poumons en feu, ou ne remonte jamais plus.

Il souffle.

Compréhension globale. Le prof d'anglais les tanne à longueur de temps avec ce truc-là. Partir de l'ensemble, du général, pour « faire sens », répète-t-il. Sans se soucier dans un premier temps des subtilités, des mots inconnus, des tournures particulières.

OK *teacher.*

Dernière inspiration. Et c'est le grand saut.

*My dear Léo.*

À jamais, ce seront les trois premiers mots que Benjamin lui aura adressés.

*Mon cher Léo,*

*S'il y a une chose que j'ai apprise, pendant toutes ces années ici, c'est à ne jamais montrer mes sentiments. Mieux : à les étouffer au maximum. Être sans pitié envers les autres ou soi-même, c'est une question de survie.*

*Cette règle, je me la suis fixée dès ma première minute dans cet enfer, mais elle s'est effondrée, plus fragile qu'un château de sable, quand j'ai tenu ta lettre entre mes mains.*

*Une partie de moi que je croyais morte – ou du moins anesthésiée – s'est réveillée, d'un seul coup. J'ai pleuré, un vrai gosse. Rien pu faire pour empêcher ça. Des sanglots à n'en plus finir.* Cry Me a River, *tu connais cette vieille chanson ?*

*Merci, Léo.*

*Quoi qu'il arrive par la suite : merci !*

*Pour cela, cette émotion, une des plus pures et des plus fortes de ma vie, à mille lieues de l'absurdité et de l'horreur dans lesquelles je baigne chaque seconde, un moment qui avait un sens, pour une fois…*

*Mais le plus dur commence dès à présent, non ?*

*Tu parles d'un père et de son fils, de deuxième chance, de rattraper un peu du temps perdu, d'apprendre à se connaître.*

*Rien ne me rendrait plus heureux, Léo, rien, mais ce n'est pas si simple. Mon passé est bien trop lourd pour être évacué aussi facilement. Il est nécessaire que tu saches ce qui m'a valu cette condamnation, dans les moindres détails. C'est à cette seule condition, Léo, que tu pourras te prononcer. Et peut-être alors me l'accorder, cette deuxième chance.*

*Je ne connaissais rien aux livres, avant d'atterrir ici. J'ai dévoré pas loin d'une bibliothèque entière, depuis. Et j'ai noirci presque autant de pages. Un bon moyen d'évacuer.*

*Sa haine, en premier lieu. Des autres. De soi. De ce système dépourvu d'humanité. Un bon moyen d'essayer de comprendre, surtout.*

*Dans les livres, j'ai appris qu'il y a mille et une façons de débuter une histoire. Pour te raconter la mienne, Léo, j'ai choisi cette phrase :*

*Mon nom est Benjamin L. Carr et pendant des années, j'ai été arrogant, irréfléchi, le plus parfait des égoïstes.*

*Je vivais de petits trafics, d'arnaques, de vols. Cela semblait si facile. Je me voyais dans la peau d'un Tony Montana, mais j'étais juste un imbécile sans cervelle qui se donnait des airs de caïd.*

*J'ai eu pas mal de chance aussi, d'une certaine façon, puisque j'ai tenu assez longtemps sans accroc. Autour de moi, les petits malfrats tombaient les uns après les autres, mais je m'en sortais toujours bien. Je croyais sans doute que j'étais spécial, ou très malin. Mais pas suffisamment pour m'arrêter avant la connerie de trop.*

*L'énorme connerie de trop.*

*J'avais fait la connaissance de ce type, Joshua, un toxico. Le genre barré, ultra nerveux, imprévisible. Je pense que le crack lui avait bouffé la moitié du cerveau. Son truc, c'était les magasins d'alcool et les supérettes. Au début, je n'étais pas très chaud pour faire équipe avec lui. Je n'avais pas confiance. Et puis les braquages, les armes, la violence, je n'aimais pas trop. Mais quand je me suis retrouvé sans un dollar en poche, on s'est associés. J'avais une voiture, lui juste de quoi remplir le réservoir.*

*Notre collaboration n'a pas duré longtemps. Elle s'est même arrêtée dans le premier 7-Eleven que l'on a croisé.*

*Cette scène, Léo, je l'ai rejouée des milliers de fois dans ma tête. J'ai imaginé les scénarios qui auraient pu éviter ce désastre. Même si ça ne sert à rien. Les jeux sont faits.*

*Le gérant du magasin, un Asiatique, tenait la caisse. Une cliente finissait ses achats. On a attendu qu'elle sorte en poireautant devant le rayon des chips. « Bye John », elle a lancé, avant de franchir la porte. « See ya Gladys », a-t-il répondu.*

*Les présentations étaient faites. Je n'imaginais pas, alors, l'importance que ces deux prénoms prendraient dans ma vie.*

*En deux foulées, Joshua s'est retrouvé devant le caissier. Il a sorti son arme, l'a pointée droit sur son visage. « Le fric, Johnny boy, ou je t'explose ta putain de tronche ! » Ce genre de petite comédie aurait dû suffire, amplement, mais l'autre n'a pas bougé d'un cil. « Va te faire foutre, connard ! » il a répliqué.*

*Le truc improbable. Il était censé farfouiller dans sa caisse, puis nous tendre le fric avec des mains moites et un regard suppliant.*

*J'ai senti que les choses allaient mal tourner. Une vague de panique montait en moi. Joshua était déstabilisé. Ses paupières s'étaient mises à tressauter. Son flingue tremblait au bout de ses bras maigres. « Tu veux jouer les héros, c'est ça, tu veux qu'on retrouve des morceaux de ton crâne jusqu'à Hong-Kong ? » Il en faisait des tonnes, mais l'autre n'avait pas l'air impressionné. Il esquissait même une espèce de sourire en coin. Plein d'ironie. Ça foirait complètement. « T'es qu'une petite merde de rien du tout », a lâché John. Le ton qu'il employait, il aurait pu tout aussi bien parler de la météo. Je n'avais jamais vu un cran pareil. Il était fou, ou inconscient. Il me foutait la trouille. « On se tire ! » j'ai fait. « Quoi ? Tu déconnes ? » Les cheveux de Joshua collaient à son visage tellement il transpirait. Sa peau grise était parcourue de tics nerveux. « On se tire, bordel, on trouvera bien un autre endroit pour… »*

*Je n'ai pas eu le temps de finir ma phrase. Joshua a tourné la tête vers moi et le caissier en a profité pour sortir de sous le comptoir un fusil à canon scié. « Attenti… » Le mot s'est étranglé dans ma gorge. Les deux coups ont retenti presque en même temps.*

*En une poignée de secondes, mon existence venait de basculer.*

*Je me suis retrouvé dehors, sans trop savoir comment, l'arme de Joshua à la main. Ma tête bourdonnait. Une vraie ruche. Le parking était quasi désert. Juste devant moi, la femme entrevue dans le magasin finissait de ranger ses sacs de courses dans le coffre de son 4x4. Les détonations l'avaient figée dans son geste, elle regardait vers moi.*

*Les caméras de surveillance du 7-Eleven avaient filmé la scène. Si, à ce moment-là, j'avais attendu les flics pour me rendre, je m'en serais peut-être sorti avec une grosse peine de prison. Pas génial, mais un moindre mal.*

*Seulement, impossible de penser droit. L'instinct de survie avait pris le dessus. La traque allait commencer. Et j'étais le gibier.*

*Ma vieille Buick, trop poussive, ne me mènerait jamais assez loin, assez vite.*

*« J'ai besoin de votre voiture, je lui ai dit, vous allez monter avec moi. »*

*Elle a fait oui de la tête. Terrorisée.*

*« Ne me faites pas de mal, s'il vous plaît. »*

*Sa voix, son regard, ils me hanteront jusqu'à mon dernier souffle.*

*« Non non, bien sûr… Gladys, c'est ça ? Je vous fiche la paix dès que je suis à l'abri. Faites comme je dis et ça se passera bien. »*

*Je me suis installé au volant. Je ne savais pas vraiment où aller. Mettre le plus de distance possible entre ce carnage et moi. Deux dingues s'étaient entretués, c'était leur problème. Moi, je voulais retourner à mon petit business, à ma vie d'avant.*

*On a roulé sans encombre jusqu'à l'autoroute, puis deux voitures de police sont apparues dans mes rétroviseurs. Elles avançaient de front, se tenaient à distance. Non seulement j'étais repéré, mais on savait que j'avais un otage.*

*Un otage, Léo. Si on avait prononcé le mot devant moi, je l'aurais trouvé exagéré, pas approprié à la situation. Trop brutal. Trop froid.*

*Avec Gladys, on avait fait connaissance. Elle était infirmière, travaillait souvent de nuit. Un boulot difficile, exigeant, qu'elle avait choisi. Son mari bossait dans les assurances. Ils avaient une fille, Sarah.*

*Moi, dans mon esprit, je fuyais. Je n'étais pas un « preneur d'otages », j'assurais mes arrières comme je le pouvais, rien de plus.*

*Alors qu'en réalité, je m'étais fourré dans un merdier sans nom.*

*Très vite, les choses se sont emballées. L'autoroute s'est vidée entièrement, deux hélicoptères tournoyaient dans le ciel. L'un appartenait à la police, l'autre à une chaîne de télévision. On passait en direct. À croire qu'il n'y avait rien de plus important, dans le monde.*

*Je n'allais pas m'en sortir en roulant ainsi jusqu'à la panne sèche. Il fallait que je tente un truc.*

*J'ai dit à Gladys de bien s'accrocher. Ça risquait de secouer un peu. J'ai ajouté que j'étais désolé de l'avoir embarquée dans cette histoire à la con, qu'elle serait bientôt débarrassée de moi. Libre de reprendre son existence là où elle l'avait laissée.*

*« Je ne pense pas que vous soyez quelqu'un de mauvais », a-t-elle dit, avec un calme étonnant.*

*Ses dernières paroles. J'ai la faiblesse de penser, Léo, qu'elles étaient sincères.*

*Mon intention était de replonger dans la ville, d'abandonner la voiture quelque part, puis de disparaître. C'était loin d'être gagné, mais je n'avais pas d'autre choix.*

*Au dernier moment j'ai viré vers une sortie, pied au plancher. Elle menait à une zone commerciale gigantesque, le genre d'horreur qui n'en finit pas. À cette heure-ci, il y aurait un peu de monde. Je pouvais toujours espérer me perdre dans le labyrinthe des galeries marchandes.*

*Les deux bagnoles que j'avais au train ont bondi en avant.*

*Ce qui s'est produit alors – la course poursuite, le carrefour, l'accident – a fait le tour des États-Unis. Relayé par les satellites, montré en boucle.*

*Jusqu'à la nausée.*

*Le chauffeur de l'autre véhicule a été salement blessé, des os brisés, un traumatisme crânien. Pas une égratignure pour moi. Gladys, elle, a été extraite de l'amas de tôle dans un état désespéré.*

*Plus de deux semaines à balancer entre la vie et la mort.*

*La sainte, la brute et le junkie : le succès assuré.*

*De l'agonie de Gladys, ces fouille-merde qui se donnent le titre de journalistes ont fait un feuilleton. Avec son lot obligé de suspense, de rebondissements, de séquences émotion : témoignages de collègues, de voisins bouleversés, jusqu'au pasteur de son église, à la voix traînante et aux yeux mouillés.*

*Et la rumeur, jamais confirmée mais vite tournée en certitude, que Gladys était peut-être enceinte, au moment de l'accident.*

*La moitié des reporters du pays s'était donné rendez-vous devant l'hôpital, l'autre moitié devant chez elle. Un pavillon de banlieue modeste, une maison lambda. Des débrouillards s'étaient procuré une vidéo sur laquelle on voyait la petite famille au complet. Le père au barbecue. La fillette dans une piscine gonflable. Gladys faisant coucou à l'objectif, en souriant.*

*Une image du bonheur, brisée à jamais.*

*L'autre partie de l'histoire en devenait presque anecdotique. Le gérant du magasin était mort sur le coup, mais tout le monde s'en foutait. Il y avait plus croustillant, ailleurs. Joshua, lui, s'en était sorti avec une épaule en compote. Selon la version officielle, il a déjoué la surveillance des flics et s'est jeté du quatrième étage de l'hôpital où on le soignait.*

*Il n'est pas exclu qu'on l'ait un peu aidé...*

*Restait le plat de résistance, le monstre : Benjamin L. Carr. Ne crois pas que j'ironise, Léo.*

*Ce que j'ai fait est sacrément dégueulasse. Irréparable. Par ma faute, une innocente est morte, j'ai privé un enfant de sa mère, endeuillé une famille. Pas un jour ne se passe sans que ce crime me remonte à la gorge. Je n'ai jamais contesté le fait d'être jugé, de payer pour mes actes, de souffrir en compensation d'une souffrance dont j'étais responsable.*

*J'aurais juste voulu avoir un procès équitable.*

*Mais voilà, Léo, la justice de ce pays n'est qu'une vaste blague, une notion fluctuante, élastique. Des riches, tu n'en trouveras aucun dans le couloir de la mort.*

*La sélection du jury s'est faite en une matinée, le procès a été plié en dix jours. Le battage médiatique m'avait condamné d'avance. Mon avocat, commis d'office, n'avait jamais défendu de crime capital. Il aurait été incapable de sauver son chien de la fourrière. Il puait l'alcool dès le matin, bafouillait, mélangeait les dates et les lieux. L'après-midi, c'était encore pire. Parfois il somnolait. Des jurés se poussaient du coude devant le spectacle de ce poivrot en pleine digestion. Les journalistes rigolaient entre eux.*

*L'accusation s'est baladée. Robert McLane, le juge, avait envoyé tellement de monde sur la chaise électrique, dans le passé, qu'il avait gagné le surnom de « Bobby Barbecue ». Le vieux bouc se régalait. Une promenade de santé. Et moi au milieu, perdu, groggy, rongé par la culpabilité. Une épave.*

*J'en venais presque à croire que j'étais bien ce cafard, ce rebut de la société dont on dressait le portrait, heure après heure. Jusqu'au moment où ma sœur s'est présentée à la barre. Une lueur dans ma nuit. Elle était étudiante, à l'époque. Elle travaillait comme serveuse pour payer ses études. Un modèle de courage et d'intelligence. Tout le contraire de moi.*

*Elle s'est avancée, frêle, menue, un peu intimidée par l'enjeu, l'ampleur du procès, puis elle a parlé, bravement. « Benjamin n'est pas un ange, a-t-elle commencé. Très jeune, il a été privé de l'amour d'une mère, négligé par son père. Il a eu de mauvaises fréquentations. Ce n'est pas une excuse, je sais, mais… »*

*Betsy m'a peint tel que j'étais. Instable, en rébellion contre l'autorité, fasciné par l'argent facile. Un sale gosse… mais pas seulement. Elle a parlé d'elle et moi, de nos grands-parents qui m'avaient recueilli, elle a dit ce que c'était de grandir dans ce coin de Brooklyn.*

*Un minuscule inventaire de choses banales, mais humaines.*

*« Benjamin, je vous le jure sur ce que j'ai de plus cher, n'est pas le tueur froid, calculateur, que l'on vous a décrit. »*

*J'étais bouleversé. Les jurés ne semblaient pas insensibles non plus à ses paroles. Peut-être auraient-ils revu un tant soit peu leur opinion si le procureur n'était alors intervenu, plein de morgue, avec des effets de manche, des phrases ronflantes.*

*En quelques mots, il a mis en pièces ma Betsy. C'était son métier, à lui, son fonds de commerce, elle ne faisait pas le poids.*

*« Un sale gosse ? a-t-il remarqué avec une ironie mordante. Auteur tout de même d'un braquage à main armée, d'un kidnapping, responsable de deux morts dont une femme admirable. Je prie Dieu de ne jamais croiser pareil garnement sur mon chemin ! »*

*Les rires ont fusé et lui a poursuivi. Betsy essayait de contrer. En vain. Il voulait sa condamnation à mort, son trophée de chasse.*

*J'assistais à ce jeu du chat et de la souris, impuissant.*

*Puis ce fut au tour de l'expert psychiatre de venir enfoncer le clou. La goutte d'eau. Tu auras peut-être du mal à le croire, Léo, mais il ne s'était pas donné la peine de me rencontrer. Je ne l'avais jamais vu. Et pourtant, il parlait de moi comme si l'on se fréquentait depuis la maternelle. Il affirmait avoir longuement étudié mon profil psychologique et ses conclusions ne laissaient pas l'ombre d'un doute : je présentais les caractéristiques du tueur récidiviste. Contrôle des émotions, absence de remords, narcissisme, sentiment d'impunité, sens aigu de la dissimulation, goût pour la violence gratuite… et j'en passe. Il se tournait vers les jurés, qu'il dévisageait l'un après l'autre. Leurs yeux s'égaraient vers moi, furtivement. J'y lisais la peur, pour eux et pour leurs proches, la peur qu'inspire une bête sauvage.*

*J'ai repensé aux derniers mots de Gladys, à ceux de ma sœur. On n'avait pas le droit de me réduire à ce crime !*

*J'ai commencé à remuer sur mon siège. L'avocat a ouvert un œil. Il m'a adressé un geste, que je me tienne tranquille. Il a même paru vaguement inquiet. Cet abruti donnait enfin signe de vie. J'ai interrompu l'expert. Je me suis mis à parler. Trop fort, trop vite. Ma voix tremblait. Le juge m'a intimé l'ordre de me taire. Il m'a menacé. Je l'ai ignoré. Ils avaient humilié Betsy, déversé des monceaux d'ordures sur mon nom. Les choses ont dégénéré. L'audience a été suspendue, la salle évacuée. Je me suis retrouvé plaqué au sol par les flics.*

*« T'es foutu, Carr », a dit l'un d'eux à mon oreille. Son genou, planté dans mon dos, me coupait le souffle. « Tu viens de prendre un aller simple pour l'enfer. »*

*Cinq jours plus tard, lorsque le jury a délivré sa sentence, j'ai serré les dents, mon visage n'a rien trahi mais à l'intérieur, pourtant, je hurlais comme un chien enragé…*

*Voilà, Léo, c'est une longue lettre mais une lettre nécessaire. Tu en sais presque assez pour décider si oui ou non tu veux de ce père-là.*

*Presque assez, oui.*

*Car, avant de donner ta réponse, avant de décider si l'on continue ou si l'on arrête ici, il faut que tu gardes à l'esprit que je suis condamné à mort. C'est peut-être une notion un peu abstraite, vue de ton pays, mais ici c'est une réalité.*

*D'un appel à l'autre, je survis. Mon existence tient à un fil. J'ai vu sept gars partir à l'abattoir, demain, ce sera peut-être moi.*

*C'est un détail à prendre en compte, non ?*

*Pour ma part, je n'ai pas le choix, mais toi, est-ce que tu veux/est-ce que tu peux vivre avec ça ?*

*Tu es le seul à pouvoir décider…*

*Bien affectueusement,*

*Ton père Benjamin*

*PS : Tu écris super bien l'anglais, quand je pense que je connais au plus dix mots de français – dont « c'est la vie », « ouh la la » et « camembert » – la honte !*

Combien de fois peut-on relire une lettre, sans se lasser ? Léo parcourt les phrases comme on écoute en boucle un morceau de musique qui vous prend aux tripes, à chaque passage, sans que l'émotion ne faiblisse jamais.

Parfois, il marque une pause, s'arrête plus longuement sur des noms de gens, de lieux.

Gladys. Brooklyn. Betsy.

Les résolutions tombent à l'eau. Une journée de lycée désastreuse en perspective, une de plus. Mais quoi ! A-t-il d'autre choix que de répondre à cet appel, dans la minute ?

*Est-ce que tu veux/est-ce que tu peux vivre avec ça ?*

S'il le pouvait, s'il y avait une chance, même infime, que Benjamin entende sa voix, il monterait sur le toit de l'immeuble pour hurler que *Yes ! Hell yes !*

Il va sélectionner des photos, les imprimer avant que Claire et Fred ne rentrent. Mon père, se demande-t-il – et ces deux mots, collés ensemble, ont acquis un sens tout neuf –, sait-il au moins à quoi je ressemble ? Il n'y a pas pensé, jusqu'ici. Peu importe. Une tonne d'images squattent son disque dur. Lui petit, moyen, grand, lui à la mer – deux fois –, lui au ski, lui à Turin, lui ici et là, seul ou accompagné, au long de seize années.

Il en choisira quelques-unes parmi les plus récentes.

Puis pour un New-Yorkais d'origine, les Alpes devraient avoir un côté exotique, non ? Quant à la ville : le château, sa rue basse, la place Saint-Léger, les « Quatre sans cul ».

Du cliché pour touriste.

Il sera toujours possible, à l'avenir, d'affiner le tableau : la voie rapide surchargée de poids lourds, les hypermarchés qui s'étendent comme une lèpre, les quartiers pavillonnaires ou bétonnés…

Léo n'a pas regardé son portable depuis une bonne heure et demie. Un record. Il n'y a même pas pensé. L'appareil est resté dans la poche de sa veste. Sur vibreur.

Il le récupère. Esther lui a envoyé une flopée de messages. Le ton est à la taquinerie, avec une pointe d'anxiété.

Il lui propose par texto de se parler sur le fixe. Elle répond dans la seconde. Elle s'inquiétait un peu, écrit-elle. Son silence. C'est bête, mais on se fait vite des idées.

Une seule sonnerie et elle décroche.

– J'ai enfin reçu la lettre, des États-Unis…

Un blanc. Elle appréhendait ce moment. Il y a un tel enjeu.

– Waouh ! s'exclame-t-elle enfin. Tu te sens comment ? Ça va ? C'est positif ? C'est… enfin tu… tu vas bien ?

– C'est exactement comme tu dis, c'est : waouh ! Je suis sous le choc. Positif, oui bien sûr, c'est positif… même si… Tu te rends compte ? J'ai bientôt seize ans et pour la première fois, j'ai le sentiment d'avoir un père…

Son débit est rapide, il avale la moitié des syllabes.

Une goulée d'air, vite. Pas envie d'être submergé par l'émotion. Marre de s'effondrer à répétition.

Esther, à l'autre bout, murmure :

– Ça va aller, mon Léo, je suis avec toi, tu le sais, ça…

La douceur de sa voix lui fait du bien.

– Je sais, parvient-il à bredouiller. Merci. C'est important, t'imagines pas à quel point… Il se reprend : Sa lettre est super détaillée. Il ne me cache rien, tu vois, il est totalement honnête, il déballe tout. C'est pas un monstre, mon père. Je veux dire, c'est un être humain qui a fait une énorme connerie, c'est sûr, un truc horrible, je lui cherche pas d'excuse – et lui non plus, à aucun moment –, mais c'est… c'est… Ah merde ! J'ai du mal, faut que je digère, il y a un film dans ma tête, en VO, des courses poursuites, des fusillades, un procès… Je te jure, c'est Hollywood.

Esther émet un petit rire qu'il connaît bien – et qu'il adore.

– À ce point ? Dis donc, il a un talent de conteur, ton père.

– Ouais, franchement il est doué. Pas comme moi. J'ai un million de choses à lui dire et je ne sais pas par où commencer, ni comment tourner mes phrases. Faut qu'il sache que ça ne s'arrête pas là, nous deux, obligé.

– Écris comme ça vient, ce sera parfait. Dis-lui ce que tu as sur le cœur. C'est un peu cucul mais j'y crois dur comme fer, au cœur, à ce qui en sort. Elle hésite, puis se lance : Tu me manques, tu sais.

Léo ressent une douce chaleur au creux du ventre. Elle le fait fondre. Sa voix se réduit à un murmure :

– Toi aussi tu me manques… T'embrasser, j'ai super envie de tes lèvres.

Elle ne s'y attendait pas. C'est plutôt elle qui a pris l'initiative, jusqu'à présent.

– De te toucher, ajoute-t-il, j'adore ta peau.

Elle rougit. Se traite d'idiote. Mais c'est tellement fort. Elle se pelotonne un peu plus sous la couette.

L'échange se poursuit sur le même registre. Brûlant. Plein de désir et de promesses.

Puis vient le moment des « au revoir », des « bonne nuit », des « on se voit demain », à regret…

Léo soupire, reste un instant les pieds croisés sur le bureau, rêveur. Puis il étale devant lui les feuillets couverts de l'écriture de son père. C'est reparti. Papier blanc, stylo à plume. À l'ancienne.

Les mots déboulent. Tant pis pour les fautes de grammaire, les faux amis, les barbarismes et autres machins en « isme » que le prof d'anglais gribouille en rouge, sur les copies, accompagnés de points d'exclamation outrés. Léo rédige dans une espèce de fièvre.

Il est près de deux heures du matin lorsqu'il achève sa lettre. Claire et Fred sont rentrés vers minuit. Il a éteint la lumière, le temps qu'ils se couchent. Ils se taquinaient à voix basse dans la salle de bains, avec des gloussements, des rires étouffés, des « Voyons, tu exagères, on va réveiller Léo… », des « Et c'est toi qui dis ça ? Non mais arrête, là, tu vois bien que… ».

Léo souriait, immobile, les mains nouées autour des genoux. C'était bon de les sentir amoureux, de surprendre sa mère pleine d'insouciance. Une nouvelle fois, il a regretté qu'ils n'aient pas eu d'enfant…

La fatigue pèse soudain sur lui. Il vérifie l'adresse puis colle le rabat de l'enveloppe bleue *par avion.* Il relève la tête, comme après un combat, regarde autour.

Quatre murs, comme son père, mais des murs dont lui, Léo, peut s'extraire, des murs avec des fenêtres et une porte, dont il a la clé.

– Frites et épinards, s'il vous plaît, moitié-moitié.

– Et avec : veau marengo ou poisson ? La sauce du poisson c'est du fait maison, dégraissée au citron.

– Euh, non, la viande plutôt.

Le chef, avec sa charlotte aplatie sur la tête, son ventre rond et son air rigolard, zieute Léo d'un œil qui frise.

– Pas trop dormi, hein ?

– Vraiment pas assez, non.

L'autre hoche la tête. C'est au tour de Yannis de s'avancer, avec son plateau.

– Eh ben, fait le chef, t'as une tête toi aussi… Nuit agitée ?

– Un peu, oui. Les études… On n'arrête pas.

– Les études, hein ? À d'autres. Faut pas croire, j'ai eu seize ans moi aussi, remarque-t-il, servant une platée de légumes à Esther. Bon appétit, les jeunes.

Les trois dénichent une place près de la baie vitrée. Dehors, deux hommes en bleu de travail soufflent les feuilles mortes avec de drôles de machines harnachées à leur dos.

Yannis revient de remplir le pot à eau. Ils se sont à peine vus, ce matin. La récréation de dix heures a été bouffée par la CPE venue distribuer des papiers à remplir, dans l'urgence. Les rares mots échangés ont tourné autour de la lettre de Benjamin.

– C'est vrai que tu as un drôle d'air, remarque Esther. T'as mal dormi, toi aussi ?

– Couché fort tard, fait Yannis, sans rien ajouter sinon un large sourire béat.

– Théâtre ?

– Oui, en quelque sorte… enfin l'*after*, surtout.

– T'es sorti ?

– Si l'on veut…

– Tu vas jouer les mystérieux longtemps ?

Il ne répond pas, coupe un morceau de son pain puis le trempe dans la sauce. Il y a, sur le visage de Yannis, un mélange de sentiments que Léo n'a jamais vus réunis. De la joie. Un air de timidité, inhabituel. De l'émerveillement.

– Je suis amoureux, lâche-t-il enfin, sans préambule, raide dingue. Je ne devrais pas parce que c'est encore un peu tôt, mais… ouh la la, c'est trop bon !

– T'es amoureux ?

La voix d'Esther est partie dans les aigus, volume à fond par-dessus le brouhaha des conversations. Des têtes se tournent, bouches suspendues dans la mastication.

– Tu devrais faire une annonce au micro avec un affichage sur l'écran télé, dans le hall, des fois que quelqu'un n'aurait pas entendu.

– Désolée, c'est sorti tout seul. T'es amoureux, en vrai ?

Il se penche et lâche, railleur :

– Ben oui, *en vrai*, les pédés ont un cœur aussi, tu sais, et ils tombent amoureux.

– Tu me vexes, là, fait Esther. Ce n'est pas du tout ce que je voulais dire, si tu crois une minute que…

Sa véhémence prend de court le garçon.

– Eh, du calme. Esther, voyons, je te charrie, c'est du second degré – d'accord ? – de l'humour… Si tu veux tout savoir, c'est le prof de théâtre. Il s'appelle Andreas, il est beau comme un dieu, bourré de talent et il m'a fait craquer… Voilà.

– Et il y a longtemps, que…

– Deux, presque trois semaines.

– Quoi ? Tu nous le dis seulement maintenant ?

– Je voulais être sûr. On a huit ans de différence, tu vois. Il est à la fac de droit mais sa passion, c'est la mise en scène. Un vrai artiste. J'avais du mal à croire qu'il était sérieux… Maintenant, je me trompe peut-être, mais on dirait bien qu'il l'est.

– Et on peut savoir comment ça s'est fait ?

– C'est tout bête. Il m'a ramené de Grenoble sous un prétexte bidon. J'avais l'impression qu'il se passait quelque chose, mais bon, je ne voulais pas trop me faire un film… En fait, on était aussi intimidés et troublés l'un que l'autre. C'est au moment des au revoir que… ça a basculé, quoi.

– Trop romantique, j'adore ! Esther se tourne vers Léo : Et toi, tu ne dis rien ?

– Moi je dis que j'en ai marre, des intellos, j'en ai marre d'être obligé d'aller sur Wikipedia pour comprendre vos conversations !

Yannis et Esther éclatent de rire. Laura, une surveillante, leur fait signe d'être un peu moins bruyants.

– Sérieusement, demande Esther entre deux hoquets, il est comment, t'as une photo ?

– Oui, plusieurs même, sur mon portable. Je vous les montre mais discrets, les commentaires, hein ?

– Eh, beau gosse ! Je lui trouve un air de Johnny Depp.

– Andreas, c'est… ?

– Allemand. Mais il a de la famille en France.

– Et tu nous le présentes quand ?

– Pas ce week-end, le suivant… Vous aurez la force de tenir, jusque-là ?

Un seul timbre, cette fois-ci, qui épouse parfaitement l'angle de l'enveloppe. Il est tellement bariolé, couvert de tampons, que les montagnes abruptes disparaissent presque entièrement sous l'encre rouge et noire.

En plissant les yeux, Léo parvient à déchiffrer la légende : *Mount McKinley, Alaska.*

Il connaît : le plus haut sommet d'Amérique du Nord.

Léo savoure ce moment. Ce sera, au mieux, une fois tous les quinze jours. Il se décide enfin à ouvrir l'enveloppe, soigneusement, avec un opinel dont la virole est coincée. La lame émoussée mord le papier avec un frottement rauque.

*Mon Léo,*

*J'ai eu si peur. Je peux te le dire, à présent : je ne sais pas si j'aurais supporté de te perdre. Je ne sais pas où j'aurais trouvé la force.*

*Merci, mille fois merci pour ce cadeau, pour ta confiance, c'est un supplément de vie que tu me donnes, un nouveau souffle, de nouvelles raisons d'espérer.*

*Je ne te décevrai pas, Léo, j'ai raté trop de choses pour gâcher nos retrouvailles – les retrouvailles avec mon fils !*

*On a perdu du temps, oui, tu as raison, des années, on ne les récupérera pas, c'est certain, inutile de s'illusionner, mais on ne va pas se lamenter non plus. On fera comme tu dis, au mieux, au plus juste, avec ce qui nous est donné et on en fera quelque chose de beau, je te le promets.*

*Tu n'imagines pas à quel point je suis heureux. C'est un sentiment tellement rare, ici. On se tient au bord du gouffre, tu sais, sur le fil du rasoir, en permanence, on est confrontés à des points de non-retour. Lorsque ces limites sont dépassées, le désespoir te submerge. Brisés, à bout, certains en viennent même à hâter la date de leur exécution.*

*Mais moi je t'ai, Léo, et je me battrai comme un diable, pour nous deux !*

*Merci aussi pour les photos, elles sont superbes. Je les ai accrochées au mur de façon à les voir, depuis mon lit.*

*Je n'ai jamais voyagé en Europe et c'est l'image que j'en ai. Des ruelles, de vieilles pierres, les marques de l'Histoire. Il me semble que j'aimerais vivre dans un endroit pareil.*

*Les paysages sont fantastiques. Les montagnes, surtout. Et cette neige ! J'ai eu l'impression qu'une fenêtre immense s'ouvrait dans ma cellule. Je respirais mieux, d'un seul coup, mes poumons se déployaient.*

*Aide-moi à recouvrir cette grisaille, Léo !*

*Les clichés où tu apparais, je les garde avec moi. Ceux que m'a envoyés Claire commencent à dater et c'est fou la vitesse à laquelle on change, à ton âge. J'avais l'image d'un garçonnet et je découvre un homme, ou presque.*

*Sans doute aurais-tu bien rigolé en me voyant devant mon bout de miroir, à me contorsionner, m'examiner sous toutes les coutures, un œil rivé à ton visage. Avec une pointe de vanité – un vrai coq, oui ! – j'ai eu le plaisir de nous trouver pas mal de ressemblances. Ça m'a rendu franchement guilleret.*

*As-tu d'autres photos ? Des gens qui comptent pour toi, de tes amis. Si cela ne te gêne pas, promène-moi encore dans ton existence, Léo, à ton rythme, j'ai tellement besoin de te connaître…*

*N'aie aucune inquiétude concernant les questions que tu serais ou non en droit de me poser. Pas de tabou entre nous. Je me ferai un devoir d'y répondre.*

*J'adore écrire, tu as dû t'en rendre compte. C'est un plaisir que j'ai gagné de haute lutte. J'avais passé ma vie dans la gesticulation, moi, pas dans la réflexion. J'étais un beau parleur, un roublard. Je ne tenais pas en place. L'écriture, c'est une autre discipline. La main impose son rythme. La pensée ralentit. C'est comme un océan qui s'apaise.*

*Au début, il me manquait les outils, mes phrases étaient mal fichues, bancales, des tartines de clichés.*

*Je n'avais pas les mots, tout simplement. Mes premiers essais filaient à la poubelle, en boules de papier rageuses. Je me trouvais nul et j'avais honte de ma nullité.*

*Mais je me suis accroché. Pas le choix. Le courrier, c'est mon unique contact avec le monde des vivants. Et puis je sentais bien que j'avais besoin de ça, cette parenthèse, ce moment de trêve.*

*Nommer les choses, aussi, pour les saisir.*

*Au fil des jours, j'ai pris goût à des détails qui m'auraient paru dérisoires, avant, voire ridicules : la beauté d'une phrase, par exemple, d'un terme juste déniché dans le dictionnaire.*

*Peu à peu, écrire est devenu mon espace de liberté, l'expression de mon humanité, la seule que l'on m'autorise, ici…*

*Tu me demandes, Léo, si à part Betsy j'ai d'autres frères et sœurs. La réponse est non. J'étais encore très jeune lorsque ma mère est morte. Mon père s'est remarié, peu après est née Betsy. Un rayon de soleil. Je passais l'essentiel de mon temps à l'exhiber, tel un trésor.*

*Par malheur, les choses se sont peu à peu dégradées avec ma belle-mère. Elle m'a toléré, un temps, puis j'ai vite compris que j'étais de trop. Une verrue sur leur bonheur. Mon père a pris mollement ma défense. Il travaillait dur, rentrait chez nous épuisé. Il voulait la paix. À l'époque, je l'ai détesté pour sa lâcheté.*

*Je me sentais rejeté et je tenais grâce à Betsy, déjà, mais à l'adolescence j'ai commencé à sécher les cours, à traîner avec d'autres gamins aussi paumés que moi. Je suis devenu incontrôlable et mon père a fini par me chasser. Une scène horrible. Je me suis réfugié chez mes grands-parents, quelques pâtés de maisons au nord. Des gens admirables, Léo, je te parlerai d'eux plus en détail, ils le méritent.*

*Ils ont fait leur possible pour me sortir de la rue, mais il était trop tard…*

*Malgré la séparation, je m'arrangeais pour voir Betsy. On se parlait à travers la grille de son école. Parfois, je me contentais de l'observer, à distance. Plus tard, quand j'ai commencé à déconner vraiment, c'est la seule personne dont j'acceptais les critiques, sans broncher.*

*On ne s'est jamais éloignés l'un de l'autre. Rien, ni personne, n'a pu nous séparer. Même pas les murs et les portes blindées du quartier des condamnés à mort.*

*Elle est mariée, a deux garçons. Elle exerce le métier d'orthophoniste. C'est drôle, mais je l'ai toujours imaginée ainsi, au service des autres.*

*Chaque mois, elle me rend visite. Près de trois heures de Greyhound*[1] *qu'elle avale sans jamais se plaindre. J'ai longtemps été réticent à ce qu'elle*

1. Compagnie de cars.

*amène mes neveux. Cet endroit n'est pas taillé pour les enfants – même si le coin des mineurs est plein à craquer ! Et puis l'envie de les rencontrer a été la plus forte, j'ai accepté. Depuis, on se voit régulièrement. Ils sont toujours très excités à l'idée de retrouver tonton Ben. Ils jouent à l'aller, puis dorment au retour. De sacrés bonshommes. Le mari de Betsy, je ne le connais pas. Il est médecin. Je le soupçonne de ne pas apprécier le dévouement de sa femme pour la brebis galeuse de la belle-famille, mais je doute qu'elle lui laisse le choix.*

*Mon père, lui, c'est une autre histoire. Après mon arrestation, le nom de Carr a été traîné dans la boue par les médias. Des journalistes se sont présentés jusque chez lui pour lui tirer des confidences, des scoops. Le papa du monstre. Il a dû traîner cette honte comme un boulet.*

*Heureusement, un drame chasse l'autre. Le monde ne s'arrête jamais très longtemps sur personne. Un serial killer, une actrice anorexique ou un mariage de stars m'ont éjecté de l'actualité.*

*Mon père a pu retourner à sa petite vie tranquille.*

*Mais avant de couper les ponts, il a quand même pris la peine de m'écrire, trois lignes. Il priait pour mon âme, disait-il, il espérait que je trouve la paix ici-bas ou, à défaut, dans l'au-delà.*

*Puis plus rien.*

*Mes grands-parents, eux, ont fait le voyage. Une fois. Ils ont économisé sou après sou. Un vrai périple. L'avion, le car, une nuit dans un des motels pourris qui n'accueillent que des familles de prisonniers, les repas au restaurant d'à côté, tenu par un ancien maton.*

*Et, à l'arrivée, un des pires moments.*

*Les voir là, perdus, qui tordaient leurs mains noueuses. Je m'efforçais de faire bonne figure, mais eux étaient effondrés. Grandpa et Grandma côte à côte derrière une vitre épaisse d'un pouce. Le mal que je leur faisais, Léo, j'avais envie de crever.*

*Sa propre souffrance, on peut au moins lutter avec, celle des autres, des gens qu'on aime, elle est intolérable.*

*Je leur écris deux fois par semaine. Des lettres enjouées. Ils répondent, de leur écriture tremblée. Ils font semblant de croire à mes mensonges.*

*Ils sont vieux, Léo, usés. J'ai pour eux une tendresse infinie. Ce serait fantastique, un cadeau du Ciel, si un jour tu pouvais les rencontrer. Tu les adorerais, j'en suis certain.*

*J'ai chargé Betsy de leur parler de toi. Elle a assez de tact pour les préparer, en douceur, à la GRANDE nouvelle…*

*Et toi ? J'imagine que c'est un sacré chamboulement, cette famille qui surgit d'un seul coup, derrière un père ?*

*Raconte-moi ! J'aimerais que l'on partage le plus possible, sans contrainte mais sans barrière.*

*Ouvre-moi grand ton cœur, Léo !*

*Je t'embrasse fort,*

*Ton papa, Benjamin*

*PS : Pas de souci, tu peux rédiger à l'ordinateur si tu préfères, la forme je m'en moque, l'essentiel est ailleurs…*

La première fois que Léo est allé chez Esther, ses parents étaient présents. Deux profs. Pour un dîner qu'on aurait dit à thème : tofu bio, quinoa commerce équitable, yaourt au soja (garanti sans OGM), infusion Max Havelaar…

Les meubles sentaient la cire et la conversation s'enlisait.

« L'école, ça va ? Tu fais du sport ? Le cinéma, tu aimes le cinéma ? »

Léo – moyennement décontracté – avait le sentiment de passer une espèce de test. Esther ne disait pas grand-chose. Elle se contentait de lever les yeux au ciel, puis de lui adresser des regards complices.

Un peu plus tard, sans qu'elle prenne la peine d'inventer un prétexte, ils se sont éclipsés dans sa chambre.

– Ils ne t'ont pas trop soûlés, avec leurs questions ? a-t-elle demandé une fois la porte close.

– Ça va, a fait Léo, tu crois que je vais être reçu à l'examen ?

– Il commence seulement…

Elle s'est alors collée à lui, réprimant un sourire devant sa mine inquiète. Léo angoissait à l'idée que papa ou maman fassent irruption dans la pièce…

Cette fois-ci, les parents d'Esther dorment chez des amis lyonnais. Une soirée à l'opéra. L'appartement est à eux.

Plus à son aise, Léo détaille la chambre d'Esther avec une pointe d'amusement. La sienne, à lui, est… comment dire ? À mi-chemin entre l'ado et le petit garçon. Un papier peint multicolore « empreintes de mains d'enfants ». Une mappemonde. Des mangas, sur les étagères, avec ses BD de Gaston Lagaffe. Une tirelire en forme de vache. Des posters : Radiohead, Kurt Cobain, Marley. Son panda géant, en peluche, dont le chat a bouffé les oreilles.

Esther, elle, a contre les murs de grands cartons à dessin, avec trois lacets noirs pour les fermer. Des tonnes de livres, épais. Des machins d'artiste partout. Et pas pour se la jouer, non, des machins dont elle se sert. Blocs à dessin, crayons, pinceaux, brosses. Un bonhomme articulé. Il y a des croquis entassés sur le bureau, des restes de découpages, des ébauches.

– Ne fais pas attention au désordre, fait-elle, souvent je travaille par terre, alors je m'étale. Ça fait râler ma mère… Tu veux boire quelque chose ?

– Oui s'il te plaît, j'ai super soif. De l'eau pétillante ou un truc du genre.

– OK, je reviens tout de suite. Elle sourit : Ne te sauve pas.

Il y a une photo dans un angle. Léo s'en approche. Il se demande si elle était déjà à cette place, la dernière fois. Il ne l'avait pas remarquée. Un jeune homme noir, assis. Il est en costume, sans chaussures. Un de ses pieds repose sur une chaise renversée. Rouge et jaune. Il est très beau. Une classe folle. Ses mains sont longues, fines, racées. L'une d'elles tient un pinceau, de la façon dont on tiendrait une cigarette. Il y a du défi dans l'éclat de ses yeux, dans le pli un peu dur de sa bouche. Le sol de l'atelier est jonché de taches. Des peintures, en arrière-plan, sur des lames de bois. À gauche une espèce de poireau géant, au centre un personnage avec – peut-être – un chapeau, sur fond rouge. À droite, un… un quoi ? Une chose entièrement noire, avec son œil unique, blanc, son sourire immense, inquiétant, semblable à une plaie ouverte.

Esther entre avec deux grands verres, des pailles, un demi-citron à cheval sur le rebord.

– Mignon, hein ? demande-t-elle, désignant le portrait.

– Ouais ça, plutôt… C'est Basquiat ?

– Oui. Tu te souviens de ce que je t'ai montré ?

– Bien sûr.

Esther lui en a parlé le jour où il a voulu connaître la signification de cette couronne à trois piques, la marque du peintre, qu'elle s'amusait à reproduire sur ses feuilles de maths. Par la suite, elle lui a fait découvrir les œuvres. Un mélange hallucinant d'énergie et de désespoir. Il a été bluffé.

– Pas d'autre courrier de ton père ?

– Non rien. J'essaie de ne pas trop y penser, mais ça m'inquiète.

– Un retard de la poste, une grève des aiguilleurs du ciel… Il peut y avoir un millier de raisons.

– Je sais. Mais je ne peux pas m'en empêcher.

– Je comprends.

Elle allume un bâton d'encens, puis les grosses bougies rondes sur la table de chevet. Avec de longues allumettes au bout blanc.

Ils s'embrassent. C'est électrique. Plein d'impatience. Leurs deux corps se mêlent sur le lit, leurs mains s'agrippent, caressent, effleurent. Ils se déshabillent l'un l'autre. Se découvrent. Un peu étourdis.

Ils ne connaissent pas encore leur nudité.

– J'ai envie de toi, murmure-t-il.

– Moi aussi… On le fait avec un préservatif, ajoute-t-elle, je ne prends pas la pilule… Après, plus tard, on verra, hein ?

– Oui oui, bien sûr… Le préservatif, ça me va.

En vérité, il n'en sait rien si ça lui va. Il n'a jamais fait l'amour. Il a presque failli, une fois, même deux. Failli tout court en seconde, l'an dernier, à la plage des Mottets. Une Hollandaise en vacances au camping. Blonde. Un grand gabarit. Rien à voir avec Esther. Elle le dépassait d'une demi-tête. Ils avaient bu de la bière autour d'un feu, s'étaient isolés près des roseaux. Les crapauds lançaient leur drôle de cri. Le short de Léo tombait sur ses chevilles. La culotte de la fille faisait une tache blanche dans l'herbe sèche.

Mais, au moment où, le père avait débarqué, un géant rouge écrevisse. « Aniek ! Aniek ! » il gueulait. Elle repartait le lendemain, ils en étaient restés là.

Et puis « presque » et « failli », ça compte pour rien.

– Je… enfin voilà, j'ai jamais…

Il n'en mène pas large. Il se sent comme un funambule sur son fil, avec un vide immense sous les pieds.

Esther passe une main sur sa joue, remonte vers la tempe.

– Je t'aime, dit-elle.

Samedi.

Léo a seize ans aujourd'hui.

Dehors, il fait nuit noire lorsqu'on tambourine à sa porte. Kira se réfugie sous le lit. Il abandonne une grosse touffe de poils sur la couette, là où il s'était roulé en boule.

Léo n'a pas le loisir de répondre. Un troupeau en furie – Fred, Claire, Esther, Yannis et Andreas – entre dans sa chambre. Esther tient devant elle un gros gâteau dans lequel sont plantées des espèces de cônes qui crépitent. On se croirait un 14 Juillet.

Ils beuglent à pleins poumons :

– JOYeuxZAAAnniiiversairrEEEuh !! JOYeuxZAAAnniiiversairrEEEuh !

Léo cligne des yeux dans la lumière. À moitié dans les vapes. Bouffi de sommeil. Pas très sûr de comprendre.

– Z'êtes dingues… Il est quelle heure ?

– Allez debout, fainéant, on part !

– Comment ça, on part ? Mais où ?

– Tu verras bien.

Léo s'adresse à sa mère :

– T'es au courant ?

– Un peu, oui… On pourrait même dire que c'est un complot. Tes bagages sont prêts.

Quelques minutes plus tard – le temps de souffler les bougies sous les acclamations et d'engloutir une part du gâteau au chocolat –, Léo fait au revoir à Fred et Claire par la fenêtre de la Fiat 500 d'Andreas.

Il y a dans l'air un soupçon de magie.

Pas 3 + 1. Ni même 2 + 2. Ils sont quatre, à présent, quatre tout rond. Et c'est encore plus stable et plus fort qu'à trois.

– Mais on va où, comme ça ?

– T'occupe. C'est une surprise, on te dit ! fait Andreas dans son français impeccable, millimétré, avec cet accent léger et délicieux qui se frotte aux consonnes.

L'ambiance est euphorique dans la petite auto. On chante à tue-tête les conneries que passe la radio. On commente le panorama. On refait le monde de fond en comble, plusieurs fois.

À intervalles réguliers, Léo tente une approche, en vain.

– On se dirige vers le sud ?

– Ouah, t'es trop fort en géographie ! rigolent les autres.

Au col de la Croix-Haute, une mince pellicule de neige crée un mini-embouteillage. Il faut descendre pour pousser un camping-car belge planté en travers de la route. Ça patine. Tout le monde s'y met et c'est un joyeux bordel.

La Fiat 500 repart enfin et dévale la route Napoléon.

– On va sur la côte, c'est ça ?

– Dis donc, Sherlock, on peut rien te cacher à toi !

Les langues se délient. Par bribes. Histoire de faire durer le plaisir. Destination : Nice. Un petit hôtel que gère l'oncle d'Andreas. C'est la basse saison, il s'offre des vacances aux Maldives. Le lieu est disponible. Ce serait con de ne pas en profiter.

Et puis avoir seize ans au bord de la mer, c'est pas génial, ça ?

La mer.

Yannis la repère en premier. Ils stoppent sur une corniche, dans un virage, marquent un temps d'arrêt sur ce promontoire battu par les vents.

Elle se fond presque avec le ciel un peu brumeux. L'horizon est pareil à un trait pastel. L'étendue infinie de ce bleu les étourdit.

Le temps est magnifique, d'une douceur extraordinaire. Ils se ruent dans la voiture, elle tangue sur ses amortisseurs. Ils décident qu'ils passeront à l'hôtel seulement après avoir trempé les pieds – au moins – dans la Méditerranée.

Les derniers kilomètres se font dans l'effervescence. Ils se garent n'importe comment, courent vers la plage, se bousculent. C'est au premier qui atteindra la ligne verte des algues échouées.

Ils se poussent, perdent l'équilibre, mêlent rires et braillements.

Yannis balance ses chaussures et fend l'eau dans un jaillissement d'écume.

– Elle est super froide !

De petits coquillages blancs se fichent dans la plante de leurs pieds. L'odeur de la mer est enivrante.

Mais moins que l'émerveillement d'être ici, ensemble.

L'hôtel est un mince bâtiment, en hauteur. La réception, la cuisine et la salle pour le petit déjeuner se trouvent au rez-de-chaussée. Les chambres aux étages. L'ascenseur, exigu, s'élève en grinçant, vibre de manière sournoise avant de s'immobiliser.

Ils explorent un palier après l'autre, avec minutie.

C'est étrange et fascinant, cet espace vide. Comme à l'abandon. Ils ouvrent des portes, au hasard, s'interpellent. Leurs voix résonnent dans les couloirs.

– Venez voir ça !

Un miroir ovale et coquin enchâssé dans les dorures, à l'aplomb d'un lit. Une cheminée en marbre dont le manteau est flanqué d'angelots blancs. Un lustre pompeux, figurant une montgolfière, dont le faux cristal cliquette dans le courant d'air.

– C'est trop bizarre, la déco.

– La caverne d'Ali Baba.

– De tonton Fabian, corrige Andreas, en souriant. Il faut reconnaître qu'il a fait fort. Ce n'est pas très cohérent mais ça a le mérite d'être original. Les Anglais adorent, les Américains se passent le mot, ils en raffolent.

Ils parcourent ainsi les trois étages. Léo et Esther adoptent le sommet du kitsch : une chambre avec des rideaux de velours pourpre et des chinoiseries. Vases, estampes, bambous, bois laqué.

Yannis jette son dévolu sur une pièce lambrissée, entièrement bleu marine, avec un hublot au verre granuleux et opaque dans la porte, une lampe en forme d'ancre. Sur le chevet trône un bateau pirate, embouteillé.

– Elle me donne le mal de mer, proteste Andreas.

– Allez, s'il te plaît. J'ai toujours rêvé d'une grande passion en plein océan, tu vois, le genre *Titanic* – mais sans l'iceberg.

Andreas l'ébouriffe dans un geste tendre.

– Avec un peu d'imagination, ça devrait s'arranger…

Le reste de la journée s'écoule semblable à un rêve.

C'est ravissant, le vieux Nice, ça ressemble à l'Italie avec une pointe d'accent chantant du Sud, en prime.

Ils se gavent de socca et de tartes aux blettes, s'empiffrent de glaces géantes, marchent au hasard, se perdent, se retrouvent, coursent des mouettes à l'air pimbêche qui s'envolent dans un froissement d'ailes furibond, lâchant sur le sol des fientes bicolores. Ils se laissent entraîner par Esther au musée d'Art moderne où ils se photographient devant la *Nana noire upside-down* de Niki de Saint-Phalle, adoptant des pauses hip-hop – c'est du moins l'idée qu'ils s'en font – de part et d'autre de la sculpture, pris de fous rires qui embarquent tout le corps, à en avoir mal aux côtes, des élancements au ventre…

Il fait sombre et frais quand ils rentrent enfin à l'hôtel, lessivés mais heureux. Claire et Fred offrent le dîner d'anniversaire. Ils ont entassé de la clairette de Die, du saumon fumé, du foie gras et une tonne de machins exquis dans un grand sac « Sauvons la planète ».

Il y a même deux boîtes carrées de préservatifs, en métal, aux motifs psychédéliques.

Elles s'appellent des *Love-Box*, un joli programme…

Léo en a assez de tourner sur ce matelas. Ils se sont pourtant couchés à l'aube, après une nuit mémorable, mais le sommeil le fuit.

Il s'habille sans faire de bruit et sort. Esther dort à poings fermés.

Intranquille. Il a intercepté ce mot en cours de français, dans une poésie. Il l'a trouvé joli et il définit bien son état. Le silence de son père le tracasse. Et il n'aime pas ça.

Il rejette les idées noires, le découragement, le vague à l'âme. D'un bloc. Obstinément. Du jour où ils ont repris contact, il s'est promis de vivre pour deux. À fond. Sans flancher, ni gémir.

Il ne l'a jamais formulé en ces termes, il ne l'a pas formulé du tout – marre d'essayer de nommer chaque chose qui lui arrive –, mais c'est l'idée.

Il y a peu de monde dans les rues. Léo se tient immobile sur le trottoir désert. Figé. Incapable de faire un pas. Il ferme les yeux – des taches d'un rouge vif éclatent sous ses paupières –, puis les rouvre aussitôt.

Un témoin de la scène pourrait penser qu'il se sent mal, mais en réalité, l'étendue des possibles le saisit parfois à l'improviste et le cloue sur place. Des choses toutes bêtes auxquelles il n'aurait jamais songé, avant, tant elles semblent naturelles.

Il peut descendre ou remonter la ruelle, s'engager dans les escaliers, en face, prendre son temps, flâner, ou au contraire sprinter jusqu'à en perdre haleine.

Il est libre.

Et l'enfermement de son père lui donne la pleine mesure de cette liberté.

D'instinct, il se dirige vers la mer. Elle le fascine. À la montagne, le relief bloque le regard où qu'il se porte. Ici, les yeux ne rencontrent rien sinon un rêve, évanescent.

Le long de la promenade des Anglais, quelques joggers âgés trottent au ralenti dans des survêtements trop larges pour eux. Sur la plage, un père joue au frisbee avec sa fille. Plus loin, une jeune femme jette un bâton à son labrador qui patauge dans les vagues ourlées d'écume, trempé et frétillant.

Le malaise de Léo s'en va comme se dissipe le voile léger de la brume. Il meurt de faim, d'un seul coup. Il a envie de rentrer à l'hôtel, tout de suite, de les voir, de les entendre, de leur parler.

Esther dort encore, drapée dans son odeur de nuit.

Le doigt de Léo se balade sur son dos, sur la peau souple et dorée, passe entre les omoplates, zigzague autour des grains de beauté. Elle est encore plus belle, ainsi. Il pose ses lèvres sur l'épaule nue, sur une pommette haute et mate.

– Déjà debout ?

Sa voix est pleine de sommeil. Léo caresse ses poignets fins, aux os un peu saillants.

– Oui. Je suis allé faire un tour. J'ai ramené des croissants et des pains au raisin.

– Sympa, ça. Tu crois qu'ils sont réveillés, les autres ?

– Ça m'étonnerait.

– On leur fait une surprise ?

– Allez…

À peine vingt minutes plus tard, ils toquent au hublot.

– Capitaine, on coule !

– Les femmes et les enfants d'abord !

Des grognements inintelligibles les exhortent à entrer.

Sur le plateau : thé, café, jus d'orange, viennoiseries et même un bouquet en plastique, des machins pâlichons qui ont dû ressembler à des boutons de roses, à une époque.

Les lunettes rondes d'Andreas reposent sur la table de chevet. Ses cheveux mi-longs, d'un noir anthracite, encadrent son visage à la peau très pâle. C'est vrai qu'il ressemble à Johnny Depp, celui de *Sleepy Hollow*.

– Attendez, on ne bouge plus ! fait Esther. Vous êtes trop mignons comme ça. On dirait une pub pour du parfum, ou des caleçons.

– Pas possible pour les caleçons, on est à poil.

– Peu importe, je veux ma photo !

Elle saisit son téléphone et le pointe vers Yannis et Andreas qui lui adressent leurs pires grimaces.

– Vous nous faites une petite place ?

Les photos s'enchaînent. Ils prennent des poses, quatre visages comprimés dans la fenêtre de l'appareil. Le plateau du petit déjeuner tangue dangereusement.

– Le meilleur anniversaire de ma vie, fait Léo. Le meilleur week-end de ma vie.

– C'est trop bon, tout ça…

– Dites, ça vous dirait pas de rester ici, pour toujours ?

Le timbre a été collé à la hâte. Un bout dentelé pendouille dans le vide. Léo déchire l'enveloppe. Avide. L'écriture est penchée, davantage, on dirait que les lettres luttent contre une bourrasque de vent. Il y a même des ratures, cette fois, comme si la main et la pensée s'étaient désaccordées, par moments.

Léo ne connaît pas la voix de son père, mais il a eu le sentiment de l'entendre raconter :

*Mon Léo,*

*Mille excuses pour ce silence forcé. Forcé, oui. J'étais en isolement à la suite d'une altercation avec un gardien. Rien de vraiment grave, rassure-toi. Quelques bleus, des côtes fêlées et un gigantesque mal de tête. Je m'en remettrai.*

*L'isolement, l'endroit est bien nommé. Le mot « solitude » y prend un sens nouveau. Et comme les pensées ne sont pas toujours les meilleures compagnes…*

*Aucune idée lugubre, je te rassure, ne m'a traversé l'esprit. Au contraire. De l'impatience, c'est certain. La rage de m'être emporté et coupé de toi, bêtement. Sans nos échanges, Léo, j'étouffe.*

*Mais laisse-moi te dire, en deux mots, comment je me suis retrouvé là.*

*Tu l'ignores sans doute, mais le courrier est ouvert. C'est la règle. Une formalité, en principe, car il est rarissime que l'on se mêle de nos correspondances. Sauf que, depuis quelques semaines, on a un nouveau maton, Fletcher, un gars du cru. Fort en gueule, gros muscles, du vent dans le crâne. Une brute, quoi ! La caricature du* redneck[2]*. Le genre jamais sorti de son trou merdeux et qui découvre la jouissance d'avoir du pouvoir sur les autres. C'est d'ailleurs lui qui a demandé le quartier des condamnés à mort. Sans doute avait-il envie de se frotter aux monstres, de se fabriquer de petites émotions.*

*Son plus grand plaisir, à Fletcher, c'est d'humilier les Noirs et les Hispaniques. Tous les prétextes sont bons pour les pousser à bout. Insultes, punitions injustes. C'est à vomir. Un de ces gars, Ramirez, en est devenu complètement dingue. Il a jeté ses excréments à la figure de Fletcher. La réaction a été démesurée. Les gardiens l'ont si durement tabassé qu'il a eu un poumon perforé. Ramirez a failli en crever.*

*Jusqu'ici, ce connard de Fletcher me foutait la paix. Et puis, je ne sais trop comment, il a eu en main ta dernière lettre, avec les photos.*

---

2. Littéralement « cou rouge », terme désignant un stéréotype d'Américain blanc, rural, réactionnaire.

*Je t'ai peut-être dit qu'on a droit, en théorie, à une heure de sortie par jour. On passe de notre trou à rat à un espace grillagé appelé « le parc à chiens », dans la cour. Avec un peu de chance, c'est l'occasion d'échanger quelques mots avec un autre prisonnier, de cage à cage. Et puis la lumière du jour, le ciel, même en morceaux, c'est mieux que pas de ciel du tout.*

*Fletcher est venu me chercher. Poignets et chevilles entravées, j'avançais comme un pingouin. Lui arborait son sourire sadique. J'ai vite compris que mon tour était venu. Il a attendu que je sois au milieu de la coursive avant d'agiter l'enveloppe devant mon nez. Il a parlé assez haut pour que chacun en profite :*

*« Alors, Carr, il a dit, t'aimes pas les femmes ? Tu préfères les garçons, c'est ça ? Et bien jeunes, hein, bien tendres ? T'es pourtant pas ici pour pédophilie ? Remarque, l'est mignon ton petit Français. Allez, avoue que tu te branles devant sa photo… »*

*Il ricanait, ravi de sa tirade. Je n'aurais pas dû réagir à ce genre de provocation. Il n'attendait que ça. Mais putain, il parlait de toi, Léo, de mon fils ! Avec ses gestes obscènes, avec ses mots dégueulasses.*

*Il te salissait et je ne l'ai pas supporté.*

*« Tu sais ce qu'on raconte, Fletcher, j'ai répondu, il paraît que ton papa, à la ferme, il aime bien baiser ses truies… c'est comme ça que t'as été conçu, non ? »*

*Je l'avais dit suffisamment fort pour qu'on m'entende d'un bout à l'autre du couloir. Il y a eu des : « Yeah ! » Un : « Prends ça dans ta gueule, sale cul blanc ! »*

*L'autre a tourné cramoisi. Ça allait être ma fête.*

*Il a annoncé dans son talkie-walkie qu'il allait intervenir sur un élément devenu incontrôlable. Il a demandé du renfort, puis a sorti son Taser.*

*Quand je me suis effondré, ma tête a heurté le sol. Fletcher m'a aussitôt défoncé les côtes d'un coup de pied vicieux. Suivi d'un autre. Les injures dégoulinaient de sa bouche, un flot d'ordures. Je ne pouvais plus bouger. Dans les cellules, ça gueulait tout ce que ça pouvait. Une dizaine de gardes sont arrivés au pas de course. Ils m'ont passé à tabac, puis m'ont traîné sur le sol.*

*Avant de claquer la porte de ma cellule, Fletcher a déchiré ta lettre.*

*Je te passe les détails des jours interminables que j'ai passés là-bas, enterré vivant. Le sentiment amer d'être un pantin avec lequel on fait joujou.*

*Mais j'ai serré les dents. J'ai pensé à toi. À l'espoir un peu fou de sortir, un jour, d'être libre, même dans longtemps, de te serrer dans mes bras.*

*Je veux que cette lettre parte ce soir, alors je serai bref, pour cette fois.*

*Je tiendrai, mon Léo, pour nous deux je ne les laisserai pas me briser.*

*Je t'embrasse très fort,*

*Ton papa, Ben*

*Du coup, j'ai raté ton anniversaire, c'est pas très malin…* I wish you a wonderful birthday, my Léo !

Le premier courrier de son père, Léo l'a affiché au mur de sa chambre, les feuillets punaisés ensemble juste au-dessus de son ordinateur. Pour l'avoir sous les yeux.

Quand l'horreur le rattrape, quand la douleur est si vive qu'un souffle suffirait à le renverser… il lui donne la force.

*Mon Léo,*

*Cette fois, je n'attendrai pas de recevoir une de tes lettres pour t'écrire. Pas la patience. J'ai beau me raisonner, les heures sans toi sont longues. Je te parle sans arrêt dans ma tête, mais ça ne suffit pas. Il me semble élastique, ce temps-là, il s'étire, interminable.*

*À partir de quand a-t-on payé sa dette ?*

*C'est terrible, quand je prends la mesure des années perdues, vides, gaspillées. J'aurais pu les utiliser tellement mieux. À étudier, à voyager, à rencontrer des gens, à aimer.*

*J'aurais pu utiliser ces années de néant à être ton père, surtout, pas un fantôme !*

*Excuse-moi, mon Léo. Je déteste m'apitoyer sur mon sort, tu le sais, mais aujourd'hui est un jour particulier : il y a eu une exécution, hier. Et c'est toujours très dur à encaisser.*

*Toujours.*

*J'ai envie de prendre quelques minutes pour te parler de lui. J'ai envie de lui donner une voix. Et à moi, l'illusion qu'il est encore parmi nous.*

*Wayne, c'est son nom. Il souriait tout le temps. Lors de son procès, les fameux « experts » lui ont trouvé – on se demande où, pas dans sa tête, c'est sûr – un QI suffisant pour ne pas le classer « déficient mental » et qu'il échappe ainsi à la peine de mort.*

*C'est tellement écœurant !*

*Quand ils l'ont emmené, Wayne ne se rendait compte de rien. On était quelques-uns, là, à genoux, collés aux passe-plats de nos portes, à lui dire au revoir. Et lui répétait : « À tout à l'heure, les copains ! » Des gros durs chialaient, pareils à des gosses, incapables de retenir leurs larmes. Tim, un surveillant, quelqu'un de bien, le tenait par le bras, lui parlait avec douceur. On aurait dit qu'ils partaient en promenade.*

*Ce matin, Tim nous a raconté que Wayne avait demandé comme dernier repas des céréales au chocolat avec un bol de lait, des pancakes au sirop d'érable, une boule de glace à la vanille et des marshmallows. Il a insisté pour que Tim le partage avec lui. En théorie c'est interdit, mais il a accepté. Avec un nœud dans la gorge. Wayne parlait, insouciant, disait à Tim qu'il lui ferait un dessin pour ses enfants – un train, Wayne passait son temps à dessiner des trains, sans que personne ne sache vraiment pourquoi –, dès qu'on le ramènerait dans sa cellule.*

*En racontant, Tim avait des sanglots dans la voix.*

*Lorsque Wayne s'est allongé sur la table, il a dit merci à chacun des cinq types qui l'attachaient.*

*Il est mort treize minutes plus tard. C'était un soulagement d'apprendre qu'il n'y avait pas eu de ratés. Les veines qui éclatent ou qu'on ne trouve pas, les produits mal dosés, les agonies interminables.*

*Au moins, Wayne n'a pas trop souffert.*

*Malgré cela, l'ambiance est plus lourde que le plomb, ce matin. Il n'y a pas un bruit. Seul le chariot métallique du repas est venu troubler le silence et j'entends la pointe de mon stylo courir sur le papier, c'est rare.*

*Faut dire qu'elles puent la mort, nos cages.*

*Alors j'essaie de trouver un peu de réconfort dans le dernier courrier de mon avocate. Je ne t'ai pas encore parlé d'elle, ni des actions judiciaires en cours et pourtant, tu t'en doutes, ce qui touche au droit est ici une obsession. On s'arrache les bouquins juridiques. À force, certains cumulent l'équivalent d'un doctorat. J'exagère à peine. Bien souvent, c'est le seul moyen, à peu de frais, de déchiffrer le fonctionnement du système, d'en gripper un peu les rouages. D'ailleurs, on parle de nouvelles règles destinées à limiter notre accès aux textes de loi. Ils nous trouvent chiants, tu vois, pas coopératifs. Imagine : on fait notre possible pour ne pas mourir trop vite. Ça les agace que des cafards mettent un tel acharnement à vivre.*

*Les avocats, c'est* LA *grande affaire. Dans ce domaine, j'ai plus de chance que la majorité. L'argent versé par Betsy et les mandats de Claire me permettent de payer les services de Karen. Une femme hors du commun. Encore une. C'est curieux, non ? J'ai passé ma vie d'homme libre à me comporter comme un égoïste imbécile avec les femmes et c'est à elles que je dois d'être encore en vie. Si je croyais encore en Dieu, je dirais qu'Il me joue un bon tour.*

*Karen dirige un cabinet d'avocats. Ils font du fric avec les affaires courantes, divorces, plaintes, etc., et consacrent une partie de leur énergie à des condamnés à mort. Par conviction personnelle, tu t'en doutes : on n'est pas très rentables.*

*Betsy l'avait entendue par hasard à la radio. Elle y expliquait son engagement. Plutôt favorable à la peine capitale, dans le passé, elle avait été amenée – par ses études universitaires – à se pencher d'un peu plus près sur son application. Fondamentalement injuste et par conséquent inacceptable.*

*J'ai longtemps hésité avant de lui écrire. Elle est afro-américaine, tu vois, alors j'ai cru qu'elle défendrait en priorité les gens de sa communauté. Après tout, ce sont les premières victimes. Mais non. Ma lettre lui a plu. Je ne clamais pas mon innocence. Je ne me trouvais pas des tonnes d'excuses. Je demandais justice. Mon dossier, le traitement médiatique dont j'ai fait l'objet, ont fini de la convaincre…*

*Les dernières nouvelles sont plutôt encourageantes. Sans entrer dans les détails, disons que les choses vont dans le bon sens et qu'elle a un vrai espoir, à terme, de faire commuer ma peine en réclusion à perpétuité.*

*Ce sera long, semé d'embûches, mais ce n'est pas du tout inconcevable et je reste optimiste.*

*Il y a un avenir pour nous deux, Léo, j'en suis convaincu !*

*Je te quitte sur cette note positive.*

*Tu n'imagines pas combien j'ai hâte de te lire…*

*Je t'embrasse très fort,*

*Ton papa, Ben*

Un néon grésille au plafond. Le prof lui jette un regard agacé, puis valide l'appel sur l'ordinateur, d'un clic de souris.

Il se lève, fait face à la classe.

– Lors du dernier cours, j'ai commencé à vous parler de la modernisation économique des campagnes françaises, dit-il. J'aimerais qu'on poursuive aujourd'hui…

Malgré lui, l'esprit de Léo dérive, puis s'échappe. Impossible de se concentrer. La fatigue lui enserre les épaules, semblable à des mains épaisses. Il aime bien l'histoire-géo, pourtant, mais là c'est leur septième heure de la journée. Pas d'énergie. Et puis son ventre gargouille. Il crève de faim.

Les tables sont placées en U. Léo se trouve à l'angle. Il peut somnoler sans trop de souci. À sa droite, la place est libre. Yannis prolonge son week-end avec Andreas. Une escapade toulousaine à la fois amoureuse et théâtrale. À sa gauche, Esther a sorti son carnet à dessin. Elle le dissimule à l'intérieur de son cahier format A4. La technique est au point : on jurerait qu'elle prend des notes. En bonne élève, appliquée.

Elle choisit un crayon et la mine se met à valser sur le papier.

Léo observe, fasciné. Lui, il ne sait rien faire de ses dix doigts. Rien d'artistique, du moins. Lui, il gribouille comme un enfant de cinq ans, un enfant pas trop doué.

Une fleur prend forme sur la page blanche, nichée sur un tapis de grosses feuilles dont les bords s'arquent, se cambrent gracieusement. Un étang. Des rochers affleurent à peine. De la brume, au loin.

Un paysage doux et tranquille. En quelques traits, quelques touches. Presque rien.

Le monologue du prof berce Léo. Ce n'est pas désagréable. Ses pensées vagabondent. Et il repense au coup de fil de Betsy, il y a de cela presque une semaine.

Léo est entré au salon. Sa mère parlait au téléphone, d'une voix plus aiguë qu'à l'accoutumée. C'était un peu étrange, décalé. Il lui a fallu dix bonnes secondes pour se rendre compte qu'elle s'exprimait en anglais.

Il se tenait dans l'embrasure de la porte, les bras croisés, amusé par l'accent mi-français, mi-yankee. À se demander qui pouvait se trouver à l'autre bout.

– *Here's Léo... all right Betsy, take care dear, bye.*

Claire lui a tendu l'appareil. Il a senti une boule dans son ventre.

– Euh... *Hello.*

Léo s'est dirigé vers sa chambre. Intimidé. Ils avaient chatté, avec Betsy, échangé des mails, des photos, des pièces jointes, mais jamais la moindre parole.

– *Li-ooo !*

La chaleur de son timbre, sa spontanéité l'ont décrispé sur-le-champ. Elle s'est excusée de ne pas avoir prévenu, mais elle avait ressenti l'envie soudaine d'entendre son neveu.

Elle faisait un effort pour articuler. Léo butait ponctuellement sur le sens, mais dans l'ensemble il s'en sortait bien. Au final, ils avaient parlé longuement. De tout et de rien, d'abord, en vrac, puis très vite de Benjamin. Il n'est plus le même, disait-elle, la prison est un poison lent. Elle use, sape, broie. Dans la tête ça dégringole. Et le corps suit. Les chairs s'affaissent, la peau devient terne. Les yeux eux-mêmes semblent se recouvrir d'un voile opaque. La vie s'échappe, quoi. Elle avait vu le processus de destruction à l'œuvre, implacable, irréversible croyait-elle.

– Et puis toi, Léo, tu es apparu et Benjamin… renaît. Je ne trouve pas d'autre mot.

Betsy chuchotait presque.

– Il faut venir, Léo. Se dire qu'on a le temps, c'est une illusion, un luxe que personne ne possède et Benjamin moins qu'un autre. Commence à y réfléchir, on en reparlera. Ce serait juste… extraordinaire.

Puis elle lui avait passé ses cousins. Au début, aucun n'osait prendre la parole et à la fin, Betsy s'était presque fâchée pour récupérer l'appareil. Des anecdotes en pagaille, des questions à la pelle. Dont une, lancinante :

– Tu viens quand, cousin Li-ooo ?

Léo relève la tête. Le crayon ondule toujours entre les doigts d'Esther. Des courbes, des griffures pour les moustaches, une ombre portée. Kira surgit du néant. Quand le gros matou roule son ventre rond sur le sol, quémande une caresse. On l'entendrait presque lancer son « miaou » langoureux.

Esther se tourne vers Léo.

– Tu ne stresses pas trop pour ton entretien ? souffle-t-elle.

– Non, ça va... Faire des hamburgers et passer la serpillière avec un chapeau à la con sur la tête, je pense que c'est à ma portée.

Le crayon reprend sa danse, des mouvements courts et précis.

Petits pains mous au sésame pourvus de grands yeux cernés et de bras poilus, sauce dégoulinant d'un carré de fromage avachi sur un steak, semblable à une bouche lasse, feuille de salade flasque.

Un hamburger sur pattes nettoie le sol, l'air abattu.

Léo sourit. Leurs épaules se frôlent. Ce n'est presque rien, mais c'est délicieux. Il meurt d'envie d'embrasser la nuque d'Esther, là où la peau est si fine, si douce... mais ce ne serait pas très raisonnable, n'est-ce pas ?

Son attention se reporte sur la classe. La voix du prof poursuit sa petite musique de fond.

En face de lui, à l'autre angle du U, Émilie envoie des SMS, son portable bien planqué dans la trousse. Sa main caresse furtivement les touches. Une pique en bois retient la jungle de ses cheveux, couleur miel. Elle porte souvent des hauts qui découvrent un nombril décoré d'un piercing. Un bout de tatouage émerge de son pantalon taille basse, côté fesses. La moitié du lycée donnerait un an de vie pour le découvrir en entier.

Devant la carte du monde géopolitique, Jovica fronce les sourcils, concentré. De temps à autre, un doute le saisit et il se penche alors vers les notes de son voisin, Clément. Ce dernier soulève sa feuille pour lui faciliter la lecture et Jovica le remercie d'un sourire. Ses yeux sont d'un bleu étonnant, très pâle, ses dents du haut arborent une rangée de bagues. Il a émigré de Serbie il y a seulement trois ans.

Léo compte les tables. Dix-huit. Plateau imitation bois, plastifié. Armature noire, métallique. Trente-deux élèves. Trente-deux respirations différentes. Trente-deux cœurs qui ne battent pas au même rythme. En juin, ils auront passé dix mois ensemble et pourtant, ils se connaissent à peine.

Le prof, tout devant, s'anime devant un PowerPoint, la projection d'un tableau.

Évolution du trafic de la gare de Perpignan : expédition de fruits et légumes (en tonnes) entre 1890 et 1910.

Ses doigts viennent tripoter les branches de ses lunettes à monture carrée, tandis qu'il commente.

Cinquième chaise en partant du bureau, Evin éclate d'un rire qu'elle tente d'étouffer entre ses mains. Le prof interrompt ses gestes un peu brouillons. Index pointé.

– Voyons Evin !

– Excusez-moi, m'sieur, j'suis désolée mais…

Et elle repart de plus belle. Cascade d'hilarité. À en pleurer.

– J'ignorais que le trafic ferroviaire avait un pouvoir euphorisant…

C'est contagieux. Le rire court le long du U, pareil à une onde. Le prof lui-même ne peut réprimer un sourire. C'est toujours magique, cet instant où le masque se fendille.

– Evin, je vais te demander de sortir quelques instants, le temps de te calmer…

Il est cool, le prof, avec son accent du Sud-Ouest. D'autres seraient montés sur leurs grands chevaux, auraient crié au scandale, à l'attentat pédagogique.

Evin s'exécute, secouée de hoquets, un peu pliée vers l'avant, sa mèche noire devant ses yeux humides. On pouffe sur son passage. « Elle est trop, elle », dit une voix.

– Je suis désolée, m'sieur, vraiment… parvient-elle à ânonner.

– Pas de souci, Evin, il n'y a pas mort d'homme.

– Ni de femme.

– Benedicto, on se passe de tes commentaires, merci.

– D'accord, m'sieur.

– On reprend donc, mais avec le commerce du vin, cette fois-ci…

Le calme est revenu. Le blabla de l'enseignant s'élève à nouveau. Une règle tombe dans un fracas métallique. Océane se regarde les ongles. Le moment s'est envolé.

Léo remarque une lézarde dans le mur, au-dessus du radiateur. Et, plus haut, un bout de ciel un peu blanc, un peu gris. Dans le couloir, un agent de service avance au pas derrière une grosse machine ronde qui vrombit, laisse des traces humides sur le sol et un relent de détergent.

Esther dessine toujours, Jérémie – diamant en toc à l'oreille – bâille à s'en décrocher les mâchoires et Léo se demande ce qui lui restera des heures passées ici, entre ces murs.

À s'ennuyer, souvent. À rêver. À apprendre. À rire. À s'indigner, parfois, jusqu'à la colère.

Quand il sera « adulte », quand il aura – si une telle chose arrive jamais – trouvé sa place dans le monde, gardera-t-il en lui une empreinte de ce lieu, une trace de ces visages ?

*Mon Léo,*

*Je lis et relis tes mots, les savoure, m'en délecte, c'est un tel plaisir.*

*Merci pour les photos de ton anniversaire. Ma cellule semblait trop petite pour contenir tant de bonheur, tant de jeunesse !*

*Bien sûr, j'avais deviné pour Esther et toi. Tu sais, la façon dont deux personnes se regardent ou se tiennent ensemble dans un espace, même séparées de plusieurs mètres, même sans rien d'ambigu, ça ne trompe pas. Pas besoin d'être extralucide. Simplement, j'attendais que tu m'en parles.*

*Si tu me permets une opinion, elle est vraiment jolie et vous allez très bien ensemble.*

*Je te rassure, ton couple d'amis ne me choque pas. Je ne vais pas te mentir, j'avais certainement une bonne dose de préjugés avant d'atterrir ici, mais la compagnie des livres m'a beaucoup appris.*

*Sur le monde. Sur moi-même.*

*Et puis je serais bien mal placé pour juger les autres. Je l'ai été et le suis encore si souvent, de façon expéditive, par des gens qui ne savent rien de moi…*

*Je vous regarde et je souris comme un parfait idiot.*

*Merci, merci, merci !*

*Je suis également flatté que tu me demandes un avis concernant ce travail dans un fast-food. Je n'ai rien contre, mais je partage l'opinion de ta mère : il est important que tes études n'en souffrent pas – tu dois me trouver un peu gonflé, je suppose, de te faire la morale… Cela dit, j'avoue être assez déçu d'apprendre que les Français sont accros aux hamburgers. Naïf, j'imaginais que vous mangiez uniquement des mets raffinés !*

*À propos d'ignorance, je ne sais pas grand-chose non plus des musiciens dont tu me parles. Certains noms me sont familiers, mais le rock n'a jamais été trop mon univers. Et puis ce n'est pas simple, ici, de se tenir au courant des nouveautés…*

*Plus jeune, j'étais à fond dans le rap.* Run-D.M.C. *était un groupe du Queens. Mes potes et moi, on les écoutait non-stop. Leur musique, c'était la pulsation de la rue. Puis il y a eu Public Enemy. Eux, ils débarquaient de Long Island et on croyait sans doute que* Fight The Power *s'adressait directement à nous !*

*De mémoire, je serais encore capable de te réciter leurs paroles.*

*Allez, on fait un marché : tu écoutes mes deux groupes fétiches et je me renseigne sur les tiens, promis ?*

*Tiens, j'ai reçu hier des nouvelles de Brooklyn. Grandpa est fatigué. Son diabète s'aggrave et il a de plus en plus de mal à se déplacer. Mais il garde le moral. Ce vieux bougon se plaint même de ne pas pouvoir bouger une oreille sans que Grandma soit derrière lui. Aux petits soins. À se tourmenter.*

*Crois-moi, Léo, ce sont des gens magnifiques.*

*T'ai-je raconté que mon grand-père a longtemps élevé des pigeons sur le toit de son immeuble ? Sans rien demander à personne, il y avait fabriqué une espèce de cabane grillagée, un truc bancal fait de bric et de broc. Avec des perchoirs, des gamelles, des mangeoires et des sacs de graines.*

*Chaque jour, ma grand-mère balayait consciencieusement les plumes et nettoyait les fientes en pestant contre les satanées bestioles et les lubies de son époux. Elle craignait les critiques du voisinage, mais en vérité personne ne s'est jamais plaint. Un râleur, à l'occasion, mettait la mauvaise réception de la télé sur le dos des volatiles. Rien de plus.*

*Car c'était un lieu magique et mystérieux qu'avait créé mon grand-père.*

*À tel point qu'on y trouvait parfois un visiteur, assis entre ciel et terre dans un des fauteuils fatigués laissés à disposition, rêveur et serein au milieu des roucoulements.*

*À la demande des gamins, Grandpa faisait parfois s'envoler ses pigeons tous ensemble. Taches grises, blanches et mouchetées, ils tournoyaient en bande compacte au-dessus de la ville, viraient en accord parfait.*

*Les passants levaient le nez, bouche bée devant ce spectacle étourdissant. C'était formidable.*

*Le quartier regorgeait de personnages étonnants.*

*À l'angle de notre rue, par exemple, il y avait ce magasin de tabac tenu par un vieil homme noir, Solomon. Il prenait soin d'avoir toujours à portée de main un paquet de bonbons pour les garnements de passage. Devant sa boutique, je me souviens d'une statue en bois, un chef indien debout sur un socle marqué* Old Honesty 5 cent Cigars. *Un géant à l'air pas commode. Il faisait peur aux plus petits.*

*Solomon construisait des maquettes de bateaux. Il y en avait partout. Sa vie entière, il avait rêvé d'être marin, lui qui n'était jamais allé jusqu'à Ellis Island…*

*J'aimerais tant que tu découvres ces lieux, un jour.*

*Betsy me dit qu'elle envisage de t'inviter ici. Tu crois que ce serait possible ? Je veux dire : dans pas trop longtemps.*

*Léo, tu n'imagines pas à quel point c'est bon d'aller un peu plus loin, chaque fois, à quel point c'est essentiel.*

*Je t'aime, Léo, je t'aime très fort et tu me manques.*

*Ils sont atrocement difficiles à écrire, ces mots-là. J'espère ne pas t'embarrasser. On est si loin l'un de l'autre. On se connaît encore si mal. Mais je le ressens au plus profond de moi, ce sentiment, il ne peut pas mentir.*

*Ton papa Ben, qui t'embrasse.*

Devant l'entrée du fast-food, Yannis souffle dans ses mains en attendant Léo. Il est tombé une mince pellicule de neige, lourde, mélangée, qui a blanchi la ville. Léo pousse la porte, frissonne, puis boutonne son caban jusqu'au col.

– Ça va ? demande Yannis.

– On fait aller, soupire Léo. C'est l'usine, là-dedans, on rejoue *Les Temps modernes.* J'ai été à deux doigts de balancer mon panier à frites dans la gueule du chef. J'allais pas assez vite, il paraît... sale connard !

– On va prendre un verre ? J'invite...

– Je veux bien, mais je pue le graillon à quinze mètres.

– Je ferai un effort olfactif

Ils marchent en silence. Une femme les dépasse, un sac à chaque bras. Ses talons résonnent sous les arcades. Plus loin, deux ivrognes se querellent avec de grands gestes énervés.

Le café de la Place est à quelques rues. Les vitres sont couvertes de buée. Ils entrent. Leur table est libre.

– C'est bizarre de se retrouver ici, juste nous deux, remarque Léo.

– Oui. Ça manquait un peu…

Léo s'affale sur une chaise. Il bâille, une paume plaquée sur la bouche.

– Désolé… mais je suis vraiment naze.

– Je ne sais pas si je pourrais tenir, moi, avec le lycée et tout…

– Faut bien. Ce voyage, je veux me le payer sans rien demander à personne.

– Elle en dit quoi, ta mère ?

– On a bien discuté. Au final, elle pense comme moi. Faut aller jusqu'au bout. Elle s'inquiète forcément un peu, tu la connais, mais elle a compris que je pouvais encaisser pas mal de choses.

– Et ton père, vous l'avez mis au courant ?

– Pas encore. Il reste près de deux mois et on veut éviter les fausses joies, au cas où un truc foire. Betsy fera le nécessaire, le moment venu.

– Tu imagines ? Il va être dingue. Tes grands-parents aussi. Et puis tu vas voir New York, mec, c'est énorme ça… À Pâques en plus, tu connais le texte de Cendrars ?

Léo sourit. Incorrigibles, ces intellos.

– Non, mais Esther m'en a parlé. Je le lirai dans l'avion, en pensant à vous.

– Et le programme, c'est quoi ?

– Brooklyn, puis chez Betsy et pour finir la prison. On a obtenu un droit de visite. Elle en espère un deuxième, dès le lendemain. Ce n'est pas autorisé, en théorie, mais l'avocate va intervenir. C'est quand même un cas un peu spécial, j'arrive de France, on ne s'est jamais vus, etc.

Une femme entre deux âges s'assoit près d'eux. Elle commande une pression puis reste immobile, son sac sur les genoux, comme si elle allait repartir d'un instant à l'autre.

Léo ne la remarque pas. Il demande :

– Et toi, alors, raconte un peu. Ton séjour chez Andreas... Ses parents habitent Cologne, c'est bien ça ?

– Oui.

– Et ?

– Ben... génial, quoi. Des gens super cool, deux sœurs adorables. Et puis c'était naturel, tu vois, personne ne se forçait. Quand je pourrai en dire autant de ma famille...

– Ça ne va pas mieux, avec ton père ?

– Ni mieux ni moins bien. C'est le statu quo. Les garçons, il pense que c'est une phase, tu vois, comme si j'étais gothique et que j'allais finir par aller chez le coiffeur et porter une cravate. La politique de l'autruche. Ma mère, elle, arrondit les angles. Comme d'habitude.

La paille de Léo fait un drôle de bruit au fond de son verre. Il attend la suite. Les phrases toutes faites, les « faut laisser le temps au temps » et le reste, il préfère s'en abstenir.

– J'ai décidé de ne plus me prendre la tête avec ça, poursuit Yannis. C'est de l'énergie perdue… Mais pour en revenir à l'Allemagne, c'était parfait. Ça paraît idiot, mais juste se promener dans la rue, se prendre la main, s'embrasser… Moi, c'est la première fois que je pouvais le faire sans me préoccuper des autres. Et d'ailleurs, là où on était, ça ne dérangeait personne… Tu dois me trouver un peu con, non ?

– Pas du tout… juste très fleur bleue, c'est mignon.

Yannis lui envoie une claque sur l'épaule.

– Fous-toi de moi, tiens…

*Smells Like Teen Spirit* explose dans les haut-parleurs fixés à mi-hauteur du mur. Un blondinet avec des dreads, le sourcil droit traversé d'une minuscule flèche en acier, reprend le refrain dans un anglais très approximatif.

La voix de Léo se voile, malgré lui :

– Ça t'arrive, des fois, de te demander ce qu'on va devenir, dans quelques années ? Je sais pas pourquoi mais c'est un truc qui me tourne dans la tête, ces derniers temps…

Yannis hausse les épaules, imperceptiblement, il semble y réfléchir.

– Déjà que c'est dur de se projeter dans une semaine, dit-il, alors là… Je n'ai pas la moindre idée de ce qu'on deviendra, mais au moins je suis sûr de ce que je ne veux pas. C'est sûrement un peu cliché, mais je crois vraiment qu'il ne faut pas renoncer, tu vois. À ses rêves.

À s'émerveiller. À s'émouvoir. Parce que la tiédeur, franchement, il n'y a rien de plus moche. Il s'interrompt, avant d'ajouter : Et ne jamais oublier, surtout, les moments comme celui-là…

Dehors s'abat une pluie têtue et lourde, mélangée à de gros flocons. Le vent mouillé gifle les pavés luisants. Les passants avancent, accrochés à leurs parapluies, arqués contre les rafales. Les contours de la ville en deviennent flous, comme lointains.

Léo et Yannis ne parlent plus. Pas besoin. Par-dessus la table, leurs yeux se rencontrent et ils se sourient.

Hors d'atteinte.

# 3

# Partir

Après le blanc et le vert sombre de l'hiver, les couleurs éclatent par touches. Fred se tient debout face aux immenses baies vitrées. Au loin, un avion décolle lourdement, se perd dans une grande tache de soleil.

Léo tient Esther dans ses bras.

– Ça va être dur d'être séparés, fait-il.

– C'est rien de le dire… mais je suis heureuse pour toi.

Ils s'embrassent. Un baiser rapide, pudique. Il y a bien trop de monde, autour. Leur moment à eux, c'était la veille.

Peau contre peau…

Léo et Claire, enfin.

– Tu mangeras bien, hein, tu me promets ?

– Oui maman, et je me brosserai les dents trois fois par jour, juré.

– T'es bête.

– Je sais…

Elle le prend contre elle. Des bises énormes claquent sur ses joues. Elle ne l'a pas embrassé de cette façon depuis qu'il était petit garçon. Quand ils jouaient à « je vais te manger tout cru ! » avec des rires énormes, incontrôlables, à en faire pipi dans sa culotte.

Elle lui murmure quelque chose à l'oreille, le serre un peu plus fort.

– Allez, file avant les grandes eaux… Je déteste les au revoir.

Il ramasse son sac.

Dans la poche de son jean se trouve la dernière lettre de Benjamin, un feuillet barré d'une simple phrase, porteuse de plus de sens qu'un milliard de mots :

*Je t'attends.*

Il franchit le portique de sécurité, il ne s'est jamais senti aussi vivant.

CET OUVRAGE A ÉTÉ ACHEVÉ D'IMPRIMER
DE L'AUTRE CÔTÉ DE L'ATLANTIQUE POUR LE COMPTE
DES ÉDITIONS THIERRY MAGNIER
PAR L'IMPRIMERIE FLOCH À MAYENNE
EN DÉCEMBRE 2011
DÉPÔT LÉGAL : JANVIER 2012
N° D'IMPRESSION : 81241

Imprimé en France